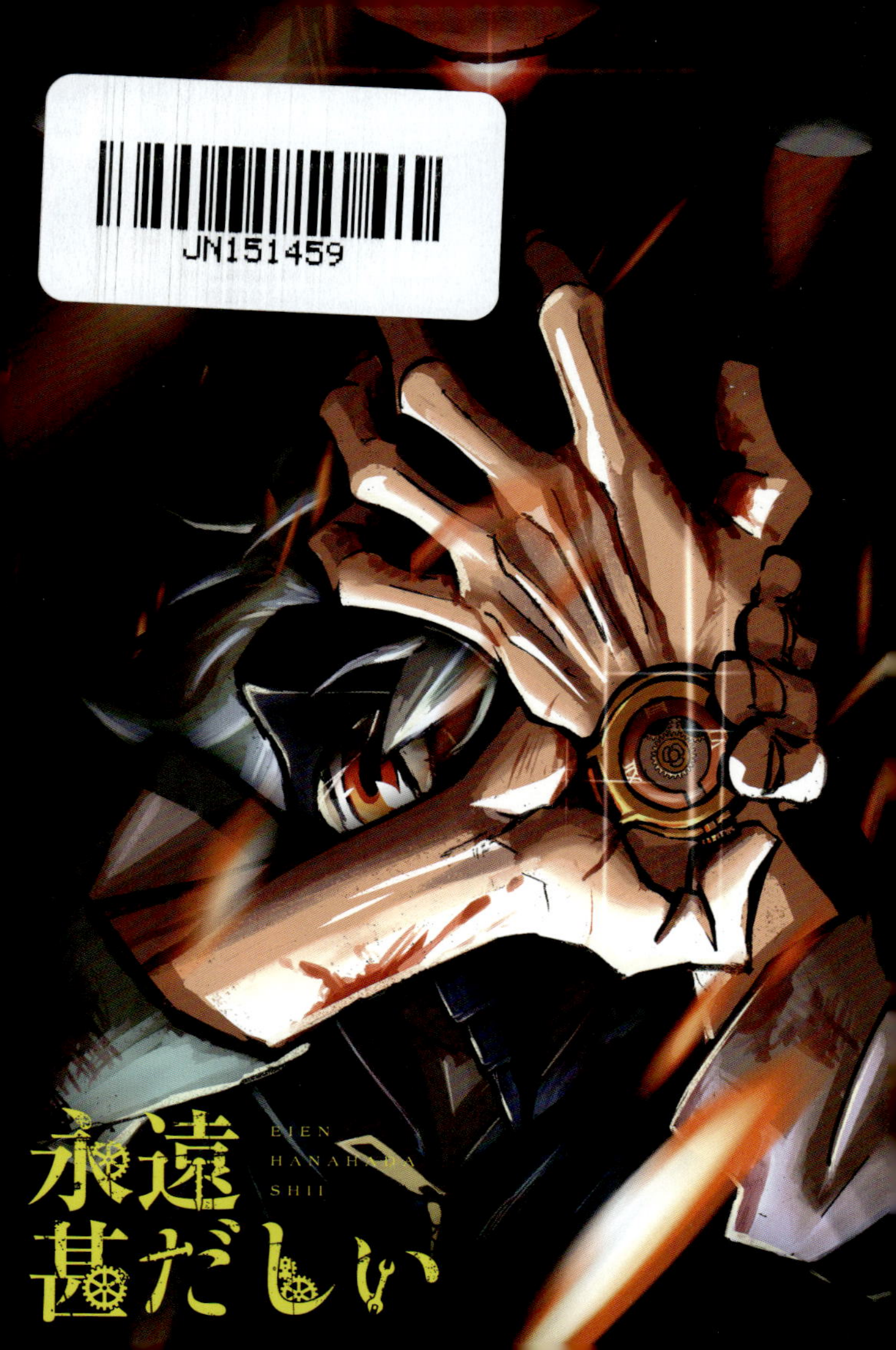
永遠
甚だしい
EIEN
HANAHADA
SHII

name
キア・アンティ

name
ライオネル・ハスカー

name
エルザ・リーベント
name
じいちゃん

CONTENTS

EIEN HANAHADASHII

永遠甚だしい

［著者］
呂暇郁夫

［原案］
獅子志司・しまぐち ニケ

［イラスト］
しまぐち ニケ

HOWL Novels

Published by ICHIJINSHA

まえがき

「永遠甚だしい」という曲を書きました、獅子志司です。
この本を手に取って下さりありがとうございます！
この度、呂暇郁夫さんがライトノベル化してくれました
「永遠甚だしい」、本当にどストライクの作品でした。
こんなにもMVと歌詞の世界観を崩さずに
尚且つバックグラウンドもしっかり作り込まれていて
天才だなと…感動しました。
アクションRPGのボス戦に何度も挑んでは負けて、
でも少しずつ攻略していって相手の喉元に牙が届いた時の
ような高揚感だったりFPSゲームで出てきそうな
種類豊富な武器達が活躍したり色々刺さりました。
時折みせる獅子志司を感じさせる言葉遣いが嬉しすぎました…
是非皆さんもこの世界に入り込んで
楽しんでいって欲しいです！よろしくお願いします！

獅子志司

あの日に最高の曲を預けてくださった獅子さん、

MVの世界観を面白く深めてくださった呂暇さん、

このような幸せな機会をくださった編集部の皆様、

そして手に取ってくださった皆様。

本当にありがとうございます。

MVを一緒に作ってくださった

屍人さん、神田さん、まめすずさん、nrさん。

やったよ!!!!

しまぐち ニケ

用語解説

keyword

キア・アンティ

若き時計職人。
現在、入院中の祖父に代わって
工房を切り盛りしている。

ライオネル・ハスカー

キアの幼馴染。
若年にしてリンネ市を代表する
〈狩人〉。

エルザ・リーベント

キアの幼馴染であり、恋人。
花屋のひとり娘。

「じいちゃん」

キアの祖父。
工房長だが、高齢のせいか
体調に難があり、現在入院中。

リンネ市

工芸と工業が盛んな都市。
工場から出る排気ガスで
空は曇りがち。

ケアノス市

東の果てにある学術都市。
魔鉱について学べる大学がある。

魔鉱《フォージ》

この世界にある摩訶不思議な鉱物。
多くの物の原材料となっている。

リバイバル

意思を持って動き出してしまった
魔鉱の総称。人類の敵。

プロローグ

イツカノ日

Itsuka no hi

プロローグ

イツカノ日

EIEN
HANAHADA
SHII

この塔の階段をのぼるとき、ぼくはいつも絞首台のことを思い浮かべる。

咎人《とがびと》は、みずからの足で段差をあがり、そして命を落とすことになる。

ただし、ぼくは罪人とは違う。ぼくは、罪なんて犯していない。少なくとも、死ななければならないほどの大罪なんて、身に覚えはない。

さらに違うのは、ぼくは、いつかは死なずに帰ることができるということだ。

それが今回なのかはわからない。

あるいは、ぼくはまた失敗してしまうのかもしれない。

恐怖が足元からせりあがってくると、ぼくはいつも自分に言い聞かせる。

ぼくがやるしかないのだと。

そう——時計はぼくの腕に巻かれている。それが偶然だったのか、必然だったのかもわからない。

肝心なのは、ただひとつ。

これをやれるのは、この世でぼくしかいないという事実だけだ。

ぼくは階段をのぼりきり、途中の梯子《はしご》ものぼりきり、塔のうえから、夕闇に沈む前のリンネ市を見渡した。

この場所からだと、この街の生きているさまがよく伝わってくる。

街とは、一種の有機体で、脈を打ち、息づいているのだということを知ったのは、なんどもこの場所にのぼるようになってからだった。

運命の日は、いっそ腹立たしいくらいの晴天だった。

太陽は朝からずっと照り続けて、街の工場が作り出すスモッグは、気ままな雲のようにぷかぷかと浮いている。ひとによっては午後の仕事を休んでピクニックに出かけていてもおかしくないくらいの、そんな平穏な一日だった。

上空を吹き抜ける風も、文句なしに心地いい。

遙《はる》か下、ほんの小さなクッキー程度のサイズで歩いている市民たちに、ぼくは目線を落とす。だれもかれもが、きょうこの日の平和を疑っていない。

なにも事件など起こらずに、夜は平穏にベッドで眠れるのだと信じている。

この先におとずれる現実を、だれも知らない。

あたりまえだ。未来のことを知っている人間なんて、この世にいるはずがないのだから。

その時間は決まっている。

夕方の四時四十分の、四十秒だ。

残り数十秒を切ったところで、ぼくは今回の武器を構えた。固定砲台式のガトリング砲だ。以前の失敗を活《い》かして、前方一八〇度を照準できるタイプにした。

この兵器の全長は自分のからだよりもずっと大きいが、さすがに入念な設計を施しただけあって、問題なく操作できる。

可動域にこだわったから、そのぶんだけ弾頭のサイズは減少していた。

それでも、威力はじゅうぶんなはずだ。こいつに、敵の装甲を貫くだけの破壊力はある。

射程距離も足りているはずだ。それから、それから……。

手順を確認するうちに、ぼくの手足が震えてくる。

ぼくは、自分自身に驚いた。

いまさらか？　もう、これでなんどめだと思っているんだ。

回数ならここに書いてある。この左手の甲に、忘れないようにしっかりと刻んである。その血の刻印を、ぼくは右手でなぞった。

次の瞬間、地が震えた。

ぼくは街の外に目を向けた。

この街のはずれに建つ時計塔。そのうえから覗《のぞ》ける、街の囲いのすぐ外。

そこの大地が隆起したかと思えば、次の瞬間には割れた。まともに立っていられないほどの揺れをともなって、地の底から、巨大な腕が這《は》い出てくる。

ここからは、はやい――ほんとうに、息をつく暇もないほどに、はやい。

遠くから市民たちの悲鳴が聞こえた。彼らはまだ、この揺れをただの地震だと勘違いしている。市民たちが真実を知るよりもさきに、やつは仕掛けてくる。

地の底から這い出てくる、敵の全貌があらわになった。

全長百メートルにもおよぶ、全身機械の化け物だ。

そいつの持つ真っ赤な瞳が、ぼくを捉《とら》えた。

ぼくは銃口を照準した。安全装置なんか、はなから設計に含んでいない。

すぐさま発砲を開始し、そのまま連射して、こちらに伸びてくる、巨大な掌《てのひら》の表面を焼いた。

チェーンガンが次々に消費されて、あたりに薬莢《やっきょう》が転がっていく。硝煙の向こう、装甲に穴が空いているのがみえて、ぼくは思わずにやりと笑った。

やつの弱点、核《コア》はわかっている。

それを破壊するためには、いくつか障壁がある。やつは、からだの表面に銃を生成する。その生成銃は、合計するととんでもない量になる。

ぼくはそいつを、すべて突破しなければならない。

これまでの経験から、おおよその生成位置は把握している。ぼくは銃口を予測地点に向けておく。思ったとおりの場所から砲身が出てくる。次に出てくる場所も、同じように焼き払う。やつが撃つよりもさきに、ぼくが撃つ。

ぼくは口もとに笑みを浮かべた。敵は物言わぬ生命だが、それでもやつの動揺が手に取るように伝わってきた。どうしてこいつはおれの武器の格納場所がわかるのか、とでも言いたげじゃないか。

――わかるんだよ、なんどもみてきたから。

だが、こちらにも余裕はない。

あと何発撃てばいい？

あといくつ壊せば、こいつの砲台は尽きる――？

そうして、攻略を順調に進めるさなかだった。敵が、突如として天を仰いだ。声もないのに、啼《な》くかのように身を震わせた。

次の瞬間、無数の砲台が、一気にやつのからだに生成された。

そのすべてが、ぼくひとりを照準している。

「まッ――」

ずい、と言い切る時間さえもなかった。

とっさの思考で、ぼくは薙《な》ぐようにして掃射した。それは悪くない判断だったが、単純に、こちら側の手数が足りていなかった。それも、圧倒的にだ。

ぼくが破壊できたのは、ごく一部の銃身だけだった。

敵の銃口が光を放ったと認識したときには、もう遅かった。

なだれのような銃弾の雨が、時計台を襲う。ガトリング砲を襲う。それらすべてを貫いて、とっさに銃身の陰に隠れたぼくの肉体を襲う。

痛みよりも先に、電撃のような思考が、ぼくの脳を貫いた。


――失敗した。

――また、失敗した。

――ひとつの場所に留《とど》まっていたらだめなんだ。やつはいずれ痺《しび》れを切らして、猛反撃してくる……。

――でも、それならどうやって。

濁流のように押し寄せる思考のなかに、いちばんだいじなものをみつける。

――やり直さないと。

――ぼくが死んだら終わりだ。

――はやく、もういちど、やり直さないと。


自分の肉体がどうなっているのか、自分でもわからなかった。ひょっとすれば、すでに蜂の巣になっているのかもしれなかった。

それでも、この右手が動いて、どうにか左手首に届くことだけはわかった。

ぼくは、迷わず腕時計の突起を押した。

銃弾が肉体を貫くとき以上の奇妙な感覚が、ぼくの全身を襲った。ぼくの意識が捕えられて、からだの奥深くにぐっと引っ張られるような感覚を覚える。

世界の色がうしなわれる。崩れゆく時計台の、その瓦礫《がれき》と破片が宙に止まり、ぼくの腕《かいな》を流れる血が止まり、ぼくを殺す敵の動きが止まる。

そして、世界が逆流をはじめる。

時計台が修復されていく。ぼくの血が体内に戻っていく。敵の全身から砲身がひっこみ、そればかりか、やつは大地の下へと帰っていく。

時間が、逆転していく。

ぼくがスイッチを押したときより、ぴったり十二時間、さかのぼる。

意識が時間のはざまに落ちていく。その乱気流のような激しい勢いに思考を手放してしまう直前に、ぼくは思った。

なんども、なんども繰り返す死のループ。

肉体が弾《はじ》け飛ぶことにさえ慣れるほどの試行回数。

それでも、もういちどやり直さなければならないという事実は、堪《こた》える。

まるで、永遠だ。でも、それにしたって、永遠すぎる。

——永遠が、甚だしい。

そうして、ぼくはふりだしに戻った。

サイショノ日

Saisho no hi

サイショノ日

EIEN
HANAHADA
SHII

それは、普段となんら変わらない朝だった——。

と言い切ってしまうと、それは嘘《うそ》になってしまうだろうか。

実際には、その日は普段よりは充実していた。

なにがというと、予定が、だ。

その日は、ぼくにしてはめずらしく、朝から晩まで予定が詰まっていた。

いつもなら、ぼくの一日は、工房のなかで完結する。壁一面に掛けられた時計たちにみつめられながら、ひたすらに新たな時計を組み立てている。

祖父の祖父の代から続く工房の名前は、アンティ・ワークショップ。キャッチコピーは、〈百年経《た》っても壊れない時計を、あなたに〉だ。

これは誇大広告じゃない。実際に、この工房で作る時計は壊れない。

それは愛情をこめて作っているからではなく、端的に技術が優れているからだ。ごくたまにクレームがあっても、それは壊れたのではなく、壊したのまちがいで、そう指摘すると相手は黙る。

ともあれ、予定だ。

まずは朝。カチコチと時計たちが奏《かな》でるリズムのなかで、しかしこの日のぼくが作っているのは、時計ではなかった。

それは尖《とが》り、輝いている。全長は、依頼主の要望にあわせて九十センチ強。かなり大ぶりの——それは、剣だった。

それも、ただの剣じゃない。中央に象嵌《ぞうがん》してある、青く妖《あや》しく光る鉱石が示すように、これは魔鉱《フォージ》製の剣だ。つまり、この剣が特別仕様だということだ。

この時計工房で、ぼくが秘密裏におこなっている裏稼業。

武器作りの、その商品だ。

「最後の仕上げに……っと」

設計図と寸分の狂いもないように、ミリ単位の詰め作業をおこなった。

ほんのわずかでも設計とずれてしまうと、この武器は、本来ぼくが意図した威力を発揮できない。

細部にこだわりすぎるあまり、納入日当日まで作業してしまったが、手抜き品を作るよりははるかにマシだ。

祖父ゆずりで、ぼくには作業に集中しすぎるきらいがある。

だから、いつのまにか工房の扉が開いていることにも、気がつかなかった。

「いつも精が出るな、キア・アンティくんよ」

入り口に人影があった。朝日の逆光を浴びて、シルエットになっている。演奏家のような気取った服装に、足先まで届くような長髪。

わざわざ誰何《すいか》せずとも、だれかは一瞬でわかった。

「鍵は閉めていたはずだぞ、ライオネル」

「この工房、職人の腕はいいが、いかんせんセキュリティ意識が甘すぎる。スペアキー、あんな場所に隠していたんじゃ、いずれ盗人《ぬすっと》にぼろぼろにされるぞ」

「だからって勝手に入るなんて、犯罪だぞ！」

「幼なじみを捕まえて言う言葉でもあるまい」

長身の男が、こっこっとブーツの音を立てて、神聖な工房に侵入してきた。途中、鍵を投げ渡される。苛立《いらだ》ちながらも、僕は黙って受け取るしかなかった。

ライオネル・ハスカー。

ニヒルで端正な顔だちの、幼なじみ……というよりも、ぼくに言わせれば、ただの腐れ縁だ。人間的には、べつに好きなやつじゃない。

「おっ。気になって来てみれば、もうできているじゃないか、おれの剣！」

「まだだから、触るなよ。まだ、９９・８％くらいだ」

「ほとんど完成じゃないか」

「100%とそれ以外じゃ、0と100くらい違うんだよ。いいから黙ってみていてくれよ、もうそんなにかからないから」

ぼくは壁一面の時計をチラ見した。どれも、ただの0・01秒たりとも秒針のずれていない時計たちは、今が朝の六時だと教えてくれている。

納期は、正午だったはずだ。それなのに、こんな早朝に訪ねてくるなんて、よほど新しい武器がたのしみだったみたいだ。実際、ライオネルは今も少年のように瞳を輝かせて、ぼくの手もとに熱い視線を送っている。

「なあ、この青く光っている部分、原石そのままの魔鉱《フォージ》か？　しゃれているな、いいデザインだ。刃の部分は、あまり使い勝手がよくないようにもみえるが、おまえのことだ、しっかりした切れ味なんだろう」

「黙っていてくれって言ったのが聞こえなかったのか。だいいち、マスクをつけずに魔鉱に近寄るなよ。狩人《かりうど》のくせに、そんな簡単な基本も守れないのか」

「おっと、そうだった。失敬失敬」

ライオネルは、自分の仮面《マスク》を取り出した。すっぽりと装着して、これなら文句ないだろうと言わんばかりに、ぼくのほうを向いた。

顔を見合わせるぼくも、当然マスクをしている。

理由は、まさしく今、ぼくの手元にある、とある特別な鉱物のためだ。

この特別な物質——魔鉱《フォージ》は、変幻自在の鉱物だ。加工の仕方によって、色が変わったり、世界でもっとも頑丈な物質になったり、高い電気伝導率を帯びたり、さまざまな性質を獲得する、特別な素材だ。

どれくらい特別かというと、多少なりとも文明のある街で、魔鉱を必要としていない場所は存在しないと言い切っていいくらいの物質だ。

なんといっても、この物質がなければ、この街のほとんどの都市機能は使えない。機械革命も起こらなかったし、電気が通るようになることもなかった。

魔鉱を扱う専門職——職人《マイスター》と呼ばれる者たちは、この鉱物の性質を理解して、適切な手順で加工を施して、さまざまな部品や道具に成形している。

たとえば壊れない時計や、あるいは極めて上質な剣なんかに。

そんなすばらしい魔鉱だけれど、問題点がまったくないというわけではない。

加工中の魔鉱に近づくときには仮面をつけなければならないというのも、デメリットのひとつといえた。

「昔は、魔鉱からは徐々に瘴気《しょうき》が漏れていくから、悪魔にからだを乗っ取られないように仮面しろって言われていたんだったか？　迷信にもほどがあるぜ」

「ただの迷信じゃないよ。こういう作業中に空中に飛散した魔鉱の粉を吸うと、微量でも気管に影響を及ぼすことはあるんだ。ひょっとしたら精神にもね」

ぼくはわざとおどすように言ったが、ライオネルはそう気にした様子ではなかった。そもそも仮面で素顔が隠れたのもあり、平然としてみえる。

「ま、なんだっていいさ。おれは、魔鉱がだいすきだ。こいつのおかげで、たのしい狩人の仕事ができる。おまえみたいな職人に、新しい武器を作ってもらうこともできる。感謝しているぜ？　一流の職人が幼なじみでよ」

いよいよもって黙るつもりはないらしい。ぼくは窘《たしな》めるのも諦めて、黙々と作業を続けた。

狩人——それは、とある事情により戦闘を生業《なりわい》としている、ハンター職のことだ。ライオネルは、むかしから狩人になることにしか興味がなかった。

そして今は、みごとにその職に就き、大成している。リンネ市のライオネルといえば、ちょっとした有名人だ。

狩人は、特別な武器を求める。それも、おもに魔鉱製の武器を。だからリンネ市には、武器を専門とする職人たちの工房もたくさんある。

それでも、ライオネルは、時計工房であるうちの門を叩《たた》いた。以降、ぼくはやつのために、こっそり武器を製造している。

それは、ぼくにとっても都合のいいことだったからだ。

「そこどいて」

邪魔なライオネルをのけて、ぼくは専用のやすりで仕上げを施した。

そのあとで、ふた振りの剣を両手に持って、最終チェックをおこなった。

冷ややかな刃が、試さずともその切れ味を教えてくれていた。

「いよいよ完成か？　なあ、貸してくれよ。試し切り、してもいいんだろ」

こどものように騒ぐライオネルに、ぼくはおとなしく剣を手渡した。

ぼくは試さなくてもわかるが、客としてはそうもいかないだろう。ぼくは、奥の金庫部屋に保管していた、一メートル四方の鉱物の塊を押し車で持ってきた。

「うおう、ずいぶんとでけえな。それも、魔鉱か？」

「うん、いわばサンドバッグ用のね。特別に硬く錬成しておいた」

「なら、こいつを斬っていいのか？　貴重な資源じゃないのか」

「狩人は、魔鉱を相手にするのが仕事だろ。なら、テストだって魔鉱でやらないと意味がない。断面さえきれいなら、そのまま再利用できるから問題ないよ」

なら遠慮なく、と言ってライオネルはさっそく剣を振るった。はじめて持つ武器、それも二刀流にしては、みごとな斬撃《ざんげき》だった。

ずるり、と魔鉱がスライドしてふたつに割れた。

ぼくは驚かない。今回は自信作だ、これくらいはできないと話にならない。

だが、ライオネルのほうはたいそう驚いたようだった。

「すげえ……。なんだ、この剣。軽いのに、それでいて重みがある。振るときは風のようで、振り終えたあとの感覚は、ずっしりと岩のようだ」

「そっか。鍛錬がうまくいったみたいでよかった」

「そういうふうに設計したのか？」

「〝風のように振りやすく、岩のように重たい斬撃の剣が欲しい〟──これがきみの要望。そして、〝客の要望はかならず反映しろ〟──こっちは、じいちゃんの教えだよ。今、この工房を任されているのはぼくなんだ。教えは守る」

ライオネルが、気味の悪い笑みを浮かべた。せっかく手に入れた新しいおもちゃを机に置いて、ぼくの肩に手を置いた。

「さすがだな、キアは。おまえ、リンネ市だけじゃなくて、世界でみてもトップクラスの職人なんじゃないか。なあ、どんな気分なんだよ、魔鉱と話すっていうのは」

ぼくは、その手を払った。

「よく勘違いされるけど、べつに話しているわけじゃない。それは古い錬成師のイメージだよ。今の魔鉱鍛冶《かじ》は、とにかく科学的なんだ。しっかりと知識を持って、入念に設計して、ミスがないように仕上げる。それだけだよ」

魔鉱は、とにかく鍛錬がむずかしい素材だ。とくに成形の工程は骨が折れる。ぼくも、いまだに失敗だらけだ。

「それと、もうひとつ勘違い。ぼくは、世界でみたら、ぜんぜんたいしたことのない職人だよ」

「ほほう。リンネ市をまともに出たことすらないのに、どうしてわかるんだ？」

「出たことがなくたってわかる。わざわざ説明されなくとも知っているだろ」

「それは、学術都市の話か？」

ライオネルが、マスクのなかでやけに不敵な笑い声を発した。いかにも腹に一物あるといった感じの、腹黒い笑いかただった。

なにを企《たくら》んでいるのかと、ぼくは警戒した。

「キア・アンティ。凄腕《すごうで》職人の祖父に育てられた、時計工房の跡取り。今は、病に伏せる祖父のかわりに、家業を請け負っている。がきのころから陰気で、自分はこの生まれ故郷で時計を作っていれば満足、という澄まし顔をしている。といっても、職場以外でもいつもマスクをしているから、あまり表情はわからないがな」

「……なんだよ、勝手にひとのプロフィールなんか口にして。気色悪いな」

「いや、あらためて考えると、もったいないと思ってな。才能ってもんは、けしてだれにでも与えられるものじゃない。だからこそ、素質のある人間は、相応の環境に身を置いて、民のために才覚を揮《ふる》うべきだ。おまえもそうは思わないか？」

ひとの周りをくるくるする失礼なやつを、ぼくは突き飛ばした。

「よくわからない話だな。それより、納品は済んだぞ。満足したなら、報酬をよこしてさっさと出て行けよ。言っておくけど、ビタ一文まけないからな」

「当然だ。この〈殺戮丸《さつりくまる》一号・二号〉に見合うだけの報酬は支払わせてもらおう」

「ネーミングセンス終わってない？」

「こいつを取っておけ」

ライオネルは、コートの内側から封筒を取り出した。

渡されて、その厚みに驚いた――かなりの金額だ。ライオネルが一流の狩人で、よく稼いでいるとはいっても、相当の大金だ。

「ライオネル、これ……」

「金額はまちがっちゃいねえよ。いつもどおり、おまえのじいさんの病院代に加えて、こいつのための渡航費だ」

ライオネルが、一枚の紙を突きつけた。

いったいなんのつもりなんだか……。そう思いながら、簡単に文面を読んでみて、ぼくはぞくっときた。

その反応をおもしろがるかのように、ライオネルはたのしげな声で言った。

「どうだ、そそるだろ？　おれもついこの前知ったんだが、あの学術都市ケアノスで、若手の職人たちに向けて、新しく大学の教室を開くそうだ。才能と熱意のある職人なら、だれだって歓迎らしいぜ」

学術都市ケアノス。

それは、職人たちの聖地とされる大都市の名だ。この世の一流の職人たちが集って、魔鉱の加工と設計を研究して、その知識を共有し、世界に広める。

ぼくたちの住むリンネ市からは、ものすごく遠い場所にある。海の向こうだ。

ライオネルは、写真にうつる湾岸都市を、手でパンと叩いた。

「おまえ、その金で、ここに行ってこいよ。ほとんど独学でこんなすげえ道具が作れるんだ、才能はピカイチだ。どうやら入学試験はあるらしいが、おまえならまず受かるだろう。好きなだけ勉強してこい」

「……どうして、そんなことを」

「忘れたか？　がきのころ、おまえが行ってみたいって言ったんだぜ。最近はとんと口にしなくなったが、あいかわらずケアノス市の話が出るたびに、ぴーんと耳を伸ばしやがってよ、わかりやすいったらねえ」

「そんなむかしのこと、覚えちゃいないよ」

「どうだっていい、今もかわらず行きたいのなら関係はないからな。と、そうだ。こいつはことわっておくが、施されているとか勘違いするなよ。おれは正当な報酬を払っているつもりだし、おまえがパワーアップして帰ってきたら、もっとすごい武器を作らせるつもりなんだからな」

はっはっは、とライオネルは景気よく笑った。

ぼくは、くすりとも笑えない気分だった。

「返す、これ。渡航費のほうは、いらない」

「あ？　なんでだよ」

「なんでもなにも、べつに行きたくないからだよ。ぼくはほんとうに、ずっとこの工房でいいんだ。今の自分が作るものにも、満足している」

「なぁにつまらない意地を張っていやがるんだか。ああ、そうか。おまえのじいさんのことなら、安心しろ。おれがめんどうをみておいて……」

「だから、それがよけいなお世話だって言っているんだ！」

ぼくが怒鳴ると、ライオネルも気を悪くしたようだった。ふんと鼻を鳴らすと、マスクをはずして、勝手に変な名をつけたふた振りの剣を手に取った。

怒った足取りで、工房を出ていく。

「職人はがんこだと相場が決まっているが、なかでもおまえは筋金入りだな。そんなんじゃ、早晩エルザにも捨てられちまうぞ！」

「彼女は関係ないだろー！」

バタンと、扉が閉まった。壁にかかった時計たちがわずかに揺れてから、突然しんとした静寂がおとずれた。

しばらく、ぼくは苛立ちがおさまらなかった。

床に落ちた紙――学術都市ケアノスの写真をみつけて、腹いせにビリビリに破いてやろうとする。が、どうしても手がいうことをきかなかった。

結局、表がみえないように折り畳んで、棚のなかにしまった。

……ぼくは、未熟だ。

未熟な精神の持ち主は、いい道具を作れない。

ぼくは大きくため息をつくと、机のうえの片づけをはじめた。

＊

昼になった。

ぼくは、ふらつく足でリンネ市の街を歩いていた。

結局、あれから気を紛らわせるために、看板をＯＰＥＮに変えてしまった。少し仮眠を取るつもりだったのに眠れなかったから、しかたなく開店したのだった。

お客さんは、絶えずやってきた。うちの工房の評価も、かなり高くなったようだ。

オーダーメイド品を欲しがるひとたちのなかには、街の外から来た客もいた。

ぼくひとりでは手に余るが、それでも、可能なかぎり仕事は受注したかった。

お金の問題は、まあまあ切実だった。たんに生活していくだけならなんとでもなるが、今はじいちゃんの病院代も工面しなければならない。

家計のことを考えて、ぼくがリンネ市の石畳に目を落としながら、ぽつぽつと歩《ほ》を進めていたときだった。

わーきゃーと声が聞こえた。目を向けると、数人の町民たちが、逃げるようにして走っているところだった。

「ああ、きみ！　きみも、こっちの道は使わないほうがいい」

道ゆくひとりの男性が、ぼくにそう教えてくれた。

「なにがあったんですか」

「南の門に、リバイバルが出たんだ。かなり大きいやつらしいぞ。二メートルもあるんだとか」

ぼくは、合点《がてん》がいった。最近は、やつらの襲撃がよくある。

「狩人は、もう向かっているんですか」

「ああ、ついさっき、腕利きが何人か到着したそうだ。問題ないとは思うが、近づかないほうがいい。……まったく、あの市長め、ほんとうに対策しているのか」

　そのひとは、怯えた様子で走り去っていった。

　ぼく自身は、走り出しはしなかった。それでも、忠告に従わないのはおろかだから、使うルートを変えることにした。


　この街は、魔鉱《フォージ》でできている。

　というより、このリンネ市に限らず、世界のあらゆる文明都市は、魔鉱によって作られている。技術品や便利な道具のたぐいは、そのほとんどが魔鉱製だ。

　それでも、魔鉱というものがよい影響しかもたらさないかといえば、答えはノーだ。魔鉱には、明確なデメリットがある。

　その代表格が、リバイバルという化けものの存在だ。

　その役目を終えて、朽ちてしまった魔鉱たち。かつては、職人たちの手によって想《おも》いをのせられて、人類のために駆動した道具たち。

　その多くは、最後には液化することで大地へと還《かえ》り、また新しく採掘される魔鉱となる。消えた魔鉱は、時間をかけて、いずれこの世に再誕することになる。

　だが、うまく生まれ直せなかった魔鉱も、なかには存在する。

　がらくたとして捨てられてしまった魔鉱たちが、互いに癒着して、合体して、取りつきあって、まるで意思を持つかのように動き出すことがあるのだ。

そうして蘇《よみがえ》ってしまった魔鉱たちは、ほかの魔鉱を探しはじめる。魔鉱のたくさんある場所――街などに向けて動き出して、無理やり取りこもうとする。

人間の都合などお構いなしだから、攻撃してくることだってある。

そうした、望まぬかたちで蘇った魔鉱の残骸を、リバイバルと呼ぶのだ。

そしてリバイバルを撃退する者たちを、狩人と呼ぶ。

ぼくが、ライオネルに渡した剣で、魔鉱を試し斬りするように言ったのも、そういうわけだ。

狩人たちのおもな敵は、人間じゃない。彼らは、不幸にも人間を襲うようになってしまった、あわれな魔鉱たちのなれの果てを倒さなければならない。

これは複雑な話だ。

人間が生きるためには、魔鉱を使わなければならない。

だが、その魔鉱の暴走によって、人間が危険に曝《さら》されることもまた事実だ。

人類と魔鉱の共生は、そうした微妙な関係のうえで成り立っているのだった。

とはいっても、ぼくは一介の時計職人に過ぎない。そんなぼくが何百年も前から続く魔鉱問題について考えを巡らせても、なんの足しにもならない。

だからぼくが気にするべきは、ぼく自身のささやかな日常についてだ。

「……この時間なら、お昼でも食べているかな」

遠回りするハメになったから、望まない道を通ることになってしまった。

ぼくは、物陰に隠れて、とある店先をみつめていた。

花屋だ。このリンネ市で、むかしから地元住民に愛されているフラワーショップ。

今は、少なくとも店先にはだれの姿もみえない。これは、チャンスだ。今のうちにと、ぼくはそろそろと店の前を通過することにした。

が――。

「ちょっと、キア！　なにをこそこそしてるの？」

「クエッ」

突然に声をかけられて、背中が反《そ》ってしまった。

声のぬしは、箒《ほうき》を持っていた。太陽のにおいがしそうなほどに輝く金髪が、くるっと巻いた頭巾から飛び出している。

大きくて、ちから強い印象を与える目が、ぼくのことを怪訝《けげん》そうににらんだ。

「なによ、絞められたにわとりみたいな声を出して」

「すみません」

「べつにあやまらなくてもいいけど」

「すみません」

謝罪するだけ謝罪して、ぼくはその場を去ろうとした。

「よくわからないけど、逃げないで」

が、がしっと肩を掴《つか》まれる。逃走は失敗だった。

「ちょうどよかったわ。あとで、キアの工房に顔を出そうと思っていたの」

「へ、へへえ。そいつは、なんと光栄なことで」

「なんで時代劇のひとになっているのよ……もう、いいかげんに直りなさい」

頭をぽこりと叩かれて、ぼくは正気を取り戻した。

花屋の女の子——エルザ・リーベントのあきれたような表情から、マスク越しの目を逸《そ》らす。

ぼくは気まずい……のだが、彼女のほうはそうではないのだろうか。

最後に会ったとき、ぼくたちはちょっとした喧嘩《けんか》をしていたはずだ。

それとも、エルザはぼくとは違ってさっぱりした性格だから、もう気にしていないのだろうか。

エルザも、ぼくの幼なじみだ。小さいころは、ライオネルも含めて三人で、よくリンネ市の探検をして遊んでいた。工房の子と、花屋の子と、詩人の子——みんな出自がバラバラなのに、ぼくたちはよく気が合った。

今でも、三人で会うことはある。とはいえ、もともと自由人の気質があったライオネルは、あるときから単身行動を好むようになったし、狩人になってからは、その傾向はますます強まっている。

　必然的に、残されたぼくとエルザが、ふたりで会うことが増えた。そのおかげで、いろいろと問題が起きたりしていたのだった。

「どこに行くつもりだったの。その荷物、工具でしょ。仕事？」

「う、うん。あとで、西の時計塔を直しに行く予定だったんだ」

「時計を？　でも、キアのところの時計は、壊れないんでしょ」

「あの時計塔のは、うちが作ったやつじゃないんだよ。大昔に、適当な職人に頼んだやつらしい。不具合のある場所を確認して、だめそうなら一から作るよ」

「そうなの。すごいじゃない、キア！」

「そんなことないよ……」

　否定してから、謙遜だと自分でも思った。実際のところ、これは行政に頼まれた大きな仕事だ。歴史の長いうちの工房が認められてきた証拠といえる。

「そっかぁ。キアはえらいわね。あたしは、今ひとりでお店を任されても、なにもできないわよ」

「でも、お花屋と時計屋じゃ、いろいろと勝手がちがうし……」

「やっていくのが大変なのは、どこも同じでしょ。えらい、えらい」

「や、やめてよ」

頭を撫《な》でられて、ぼくはいやがった。エルザは、ぼくやライオネルよりも少しだけ生まれるのがはやくて、たまにこども扱いしてくるのだった。

その手を払うことができないでいると、エルザはただ撫でているようにみせかけて、がちゃがちゃとぼくのマスクの金具をいじり、はずしてしまった。

「あっ、返して！」

「ちょっと顔色をみせて。あ、やっぱり、いつもより青白い！　もう、仕事をがんばるのはいいけど、ちゃんと寝たり食べたりしなさいって言っているでしょ」

「ちゃんと食べているよ。パンとか……パンとか」

「この偏食！」

ぼくはパンが好きだ。理由は、仕事しながら片手で食べられるからだ。マスクをはずしていい設計図起こしのときが、ぼくの基本的な食事のタイミングだ。

「なんだか最近、ますます痩せた気がするわね。まったく、少しでも放っておくと、すぐに不摂生になるんだから……」

エルザが、思案顔でぼくの全身を眺めた。なんだか、居心地が悪い。

ピコンと、エルザの頭上で電球が光った。

「そうだわ。ねえキア、向こうの通りに、新しくレストランができたのを知っている？　うちのところに、オープンのちらしが入っていたの」

「い、いや、知らないけど」

「今夜、そこに行ってみましょう」

それは、突然の提案だった。

「ね、予定は空いているでしょ？　空いていると言いなさい。空いているわよね」

「いかにも断れなさそう！」

「察しがいいじゃない。十九時に、ふたりで予約しておくわね。いつものツナギじゃなくて、ちゃんとネクタイを締めてくるのよ。あたしも、ドレスを着てくるから」

「ド、ドレス」

エルザのドレス……それは、みてみたいけど……。

いずれにせよ、ぼくに拒否権はないようだった。

どうやら気まずく思っているのはぼくだけだったようだけど、そうだとしても、なかなか気持ちが切り替えられない。

エルザー、と遠くから呼ぶ声がした。みると、お店に列ができていた。エルザの花屋は、花束のアレンジがきれいだと評判で、いつも盛況だった。

「いけない、もどらないと。キア、忘れずに来るのよ。ネクタイよ、ネクタイ」

「わ、わかったよ」

「――この前の話の続きも、きちんと聞かせてもらうからね」

ぼくのマスクを返してくると同時に、言葉の置き土産《みやげ》も残して、エルザはてててと走り去っていった。

……やっぱり、忘れているわけではなかったみたいだ。女の子は、本心を隠して話すのがじょうずみたいだ。

ぼくは、またとぼとぼとした足取りで歩みを再開した。


ぼくとエルザは、付き合っている……のか、よくわからない。

こどものころから互いを知っているせいか、あらためてそういう話をするのが、なんともむずかしいのだった。

まわりは、当然のように恋人であるとみなしているし、エルザの両親も、ぼくのことを義理の息子のように扱うけど、肝心のぼくたちが、どうも煮え切らなかった。

そして、エルザはモテる。

鬼のようにモテる。

聞くところによると、先週もどこかの資産家に求婚されたらしい。

もう結婚だってできる年齢なのだから、こういうことははっきりとさせないといけない……と、頭ではわかっているのに、うまく言葉にできなかった。

以前、ふたりで出かけたとき、ぼくはその話をするつもりだった。エルザも、ふたりの将来についてだいじな話をされるとわかっていたようだった。

でも、そのときもぼくは失敗した。

言いたいことがうまく言えなかったどころか、どういうわけか、エルザはいろいろなひとにいい顔をしすぎると、なぜだか文句を言ってしまったのだった。そのせいで、どこの馬の骨とも知れない男を引き寄せてしまっているのだと。

われながら最悪だった。

もちろん彼女を怒らせてしまったし、自分でもたっぷり後悔するハメになった。

「必要ないときはマスクを取って、素顔を出して、もっとはっきり話したらいいのよ」

むかしのエルザには、よくそう怒られていた。今でも、たまに言われてしまう。

ぼくはこのマスクに、自分の臆病さを隠しているのだろうか。

それは、わざわざ自問せずとも、自分でよくわかっていることだった。

天気はいいというのに、思考が暗くて、どうもよくない。

ぼくは頭をぶんぶんと振ると、時計塔の前に、立ち寄らなければならない場所へと向かった。

＊

「来やがったな、なよなよ野郎が。ったく、いつも辛気臭《しんきくせ》ぇ顔しやがってよ」

出会いがしらにそんな憎まれぐちを叩かれて、ぼくは肩をがっくり落とした。

「マスク越しに表情がわかるわけないだろ、じいちゃん」

「おめぇがマスクで、わしが盲目だろうが、孫の表情は視《み》えるんだよ、あほ孫め」

「なんて減らずぐちなんだ。せっかく買ってきた果物をあげないぞ！」

「その籠なら、わしにはからっぽにみえるがな」

「あれ、中身がない！」

なぜだと思って周囲をみてみると、病室の外の廊下で、少年たちがメロンやらオレンジやらを掲げて走り回っていた。

と、盗られている！

エルザのことを考えて、ぼけっと歩いていたからだ。

「こらっ、返せー！　うちのじいちゃんのだいじなビタミンだぞ！」

「やめとけ。あの果物も、こんなジジイの血肉になるよか、がきどもに食ってもらったほうが幾分いいだろう」

じいちゃんにそう止められたけど、ぼくは納得できなかった。病人へのお見舞い品を盗るなんて、絶対に注意したほうがいいと思うけど……。

「それで、じいちゃん。体調のほうはどうなのさ」

「抜群にいい。今すぐにでも退院して、また工房でかなづちを振り回せるぜ」

「下で渡された最新の検査結果だと、まだ安心できない数値みたいだけど？」

「……けっ。数字のことは、よくわからねえな」

いかにも不満げに顔を逸らして、じいちゃんは窓の外に目を向けた。

リンネ市立総合病院。

街の中央に位置する立派な病院に、じいちゃんは入院している。

じいちゃんが倒れたのは、去年のことだった。それからは、ずっと体調がよくない。

自宅療養だと、すぐに工房に立って仕事しようとするから、いっそ病院にと叩きこんだのが、先月のことだった。

おかげで少しは顔色がよくなったようにみえるけど、それでも体内のことは確信が持てなくて、ぼくはずっと不安だった。

「それより、キア。おめぇ、きちんと持ってきただろうな」

「う、うん」

「よし、みせてみろ」

ぼくは、三つの布を荷物から取り出した。

この一か月でぼくが作った作品のうち、もっとも自信のある三作の時計だ。むかしから、その月の自信作を工房長にみせるのが、うちの工房の習わしだった。

じいちゃんは背を丸めると、ベッドの上の机に釘付けになった。ぼくがいつも着けているのと同じ拡大鏡を片目に装着して、よく時計を検分する。

ぼくからすると、緊張する時間だ。

「……ふむ。ふん……ふむ」

「ど、どうかな、じいちゃん」

「この二作目、青い月の時計。機構の部品は、融点から何度ずらした」

「ええと。それは、魔鉱の断面が、単斜晶系の波形のなかでもとくに主張が激しかったから、本来の融点よりもはやく引き上げて成形したよ。厳密には、一四六三度だったかな」

答えながらも、じいちゃんの審美眼にぼくは震えた。標準融点からずらしたかどうかではなく、その段階を飛び越えて、何度ずらしたかという質問だったからだ。ぼくの師匠なだけあって、さすがの観察力だ。

チェックを終えると、じいちゃんはすべての時計を布のうえに返した。

「じいちゃん、どうだったかな。ぼく、今回けっこう自信あるんだけど」

「ああ……まあ、悪かねえな」

「なにか改善点があったら言ってよ。つぎまでに、それも直しておくから」

「とくにねえよ」

「ほんとうに？」

文句がないということは、つまり満点ということだろうか。

「それならさ……その時計に、ぼくがアトリエ・サインを彫ってもいいかな」

ごくりと生唾を飲んで、ぼくは聞いた。

アトリエ・サインとは、工房の長が直々《じきじき》に入れるものだ。つまり、じいちゃんからぼくに、正式に工房長の座が渡ることの証明だといっていい。

ぼくは、はやいところ工房を継ぎたかった。そうすれば、じいちゃんにもラクをさせてあげられるからだ。

だが、じいちゃんは首を横に振った。

「だめだ。おめぇには、まだサインは渡せねえ」

「なんでさ！　技術的には、文句ないんだろ。げんに今だって――」

「ばかやろー、そういう問題じゃねぇんだよ」

「じゃあ、どういう問題なのか教えてよ！」

「むう。きょうの昼飯のミートボール、うまかったなあ」

「関係ない話でごまかすなよ！」

都合の悪いときだけボケじじいになりやがって！

「……やっぱり、ぼくじゃまだダメなの？　初代の工房長は、ほんとうにすごい職人だったらしいけど、それにはまだ、およばないのかな」

「おめぇ、ちゃんと欠かさずつけているんだな、そいつは」

じいちゃんが、ぼくの手首に目をやった。

そこには、とある腕時計が巻いてある。見た目には、シンプルなデザインの腕時計だ。アトリエ・サインもなければ、盤面が特別に凝っているわけでもない。

それでも、ぼくたち職人がひと目みれば、この時計のできはよくわかる。

その魅力は、だれにも説明することができない。

ある種の芸術品は理屈を超えるものだ。これも、そういうたぐいの作品で、言葉では魅力を伝えることができない代物だった。

製作者は、ぼくのじいちゃんの、さらにじいちゃん。戦後のリンネ市で一から工房を作った、初代の職人《マイスター》だ。

「わしのじいさんは、それを完成させたあと、こう言ったそうだ。『ありったけを込めて作った』。どれほど優れた職人でも、最後にものを言うのは情熱だとよ」

「そういう傑作を、ぼくがまだ作れていないからダメなの？」

「そうじゃねぇよ。わしだって、最近になってようやく、これというものがひとつ作れただけだ。おめぇみたいに若いのが作れていなくても、べつに問題ねぇ」

「それなら……！」

「気を急《せ》かしすぎだ、がき。いいから今は黙って、自分に必要だと思うことをしろ」

ごつすぎる掌で、ばしばしと頭を叩かれた。何十年もかなづちを握ってきたから、魔鉱よりも硬いくらいの皮膚で、痛かった。

「ねえねえ、職人のじいちゃーん、これあげるー！」

こどもたちの声がした。バタバタと病室に入ってきた少年少女たちが、カットした果物を持ってやってきた。

「あっ。それ、ぼくが持ってきたやつじゃないか！」

「知らないもーん」

「わたしたちで用意したんだもーん」

「じ、じいちゃん、この子たちを叱ってやってよ！」

「おーう、わざわざありがとなぁ、がきども」

叱るどころか褒めている！

すっかり手柄を横取りされてしまった。最終的にはじいちゃんの栄養になるみたいだからいいけど、なんだか癪《しゃく》だ……。

「……で、こんなジジイに親切にして、なにが望みだ？」

「へっへ、ばれてらー」

「ねえおじいちゃん、これ直してー。おふろで使うおもちゃ、壊れちゃったの」

女の子が、アヒルの人形をじいちゃんに渡した。傍目《はため》でみるかぎり、モーターで動く、ごく簡単な仕組みのおもちゃのようだ。

「どれどれ……ああ、こんなのは朝飯前だ。そこの箱から、工具を取ってくれ」

じいちゃんは、手際よくねじを回しておもちゃの解体をはじめた。

その様子を、こどもたちが目を輝かせて観察する。中身の機構について質問されて、じいちゃんは作業しながら答えていた。

偏屈なじいさんだけど、どういうわけか、病院では人気者のようだった。まあ、ひとりさびしく過ごしているよりは、もちろんいいことなのだけれど。

なんとなく居心地が悪くなって、ぼくはこっそりと退散することにした。

「――逃げるんじゃねえぞ、キア」

病室を出る直前に、そう声をかけられた。

「またそれかよ。なにからも逃げてなんかいないよ、ぼくは」

「いーや、おめぇは逃げているぜ。本来、人間が逃げようのないものからな。まずは、それに気づけ。工房がどうこういうのは、そのあとの話だ」

……言っていることが、わからない。

ぼくは、工房のためを思って行動しているというのに……。

内心苦いものを感じながら、ぼくは病室を去った。

＊

夕暮れどき。

オレンジ色の太陽が、徐々にリンネ市の西へとかたむいていく。

その様子を、ぼくは街外れの時計台から眺めていた。足元には、リンネ市の旧議事堂であり、現在の市政会館がある。

ここのシンボルである大時計を、これからぼくが直していかなければならない。

が、その前に、ちょっとサボりだ。

「きもちいいな……」

ときおり、こうしてとび職のように高所で仕事することがある。そのたびに、ぼくは高いところが好きなのだなと自覚する。高所は風がよく通るからというのもあるけど、それ以上に、やはり街の外は眺めがいいのだった。

街の外は、手つかずの自然にあふれている。

魔鉱《フォージ》が一定の密度を超えると、途端にリバイバルに襲われる確率が跳ね上がるから、すべての街は、それぞれに距離を置いて各地に遍在している。

大陸鉄道のレールが地平線まで延びているのを、ぼくがぼんやりと眺めているときだった。

けさ喧嘩してしまったライオネルのことや、今夜会ってきちんと話さなければならないエルザのことや、いつまでも工房を任せてくれないじいちゃんのことを、取り留めなく考えているときのことだった。

そいつがあらわれ、大地が揺れたのは。

すさまじい地鳴りが起きたかと思ったら、信じられない光景が目に入った。

「……なんだ？」

街を覆う壁の、すぐ近く。

茶色い大地が割れたのとほぼ同時に、巨大な機械の腕が出現した。

その独特の風貌のおかげで、そいつがリバイバルであることにはすぐに気づいた。

城壁を連想させる質感の腕、銃口のように先端の空いた指先、鎧《よろい》をまとった騎士を連想させる装甲——ちぐはぐな要素の組み合わせが、あきらかに意思を持って駆動していたからだ。

自律して、ゆえに暴走する魔鉱のかたまり。

ただし——大きすぎる。あまりにも、規格外に、巨大すぎる。こんなサイズのリバイバルは、見たことも聞いたこともない。

「……っ、ぁ」

ぼくは、なにかを叫ぼうとしたのだと思う。逃げろとか、気をつけろとか、そういう意味のない注意喚起をしようと、肺に声を溜《た》めようとしたのだと思う。

その前に、リバイバルは侵攻をはじめてしまった。

最初に犠牲になったのは、街はずれに建つ何軒かの民家だった。

こどもが積み木を崩すかのように、リバイバルが前に進むだけで、その一帯はぺちゃんことなった。たくさんの悲鳴があがったはずだが、高所にいるぼくには、風が吹き荒れる音しか聞こえなかった。

ぼくには、その惨状を眺めていることしかできなかった。

豆粒のような市民たちが逃げまどい、潰されて、建物が倒壊し、瓦礫《がれき》となって、埃《ほこり》を巻きあげて、ただ壊されていく。

夢だと疑うことはなかった。すべてが、あまりにもリアルだった。

次にぼくが動いたのは、その声を聴いたときだった。

R　RRR　R　R　　RRR

その呻《うめ》き声のような音の正体が、内部で血液のように駆け巡っている液化魔鉱の反響音だということを、ぼくは知識としては知っていた。

しかし、いざ耳にすると、腰が抜けるほどにおそろしかった。

リバイバルは、時計塔のすぐ目の前にまで到達していた。全長に比べて低い位置にある赤い瞳が、ぼくをみつめている気がした。

だが、それは気のせいだった。やつがみていたのは、ぼくが直すはずの時計だった。魔鉱製の物体に共鳴して、自分の仲間となることを求めているのだった。

リバイバルが腕を伸ばした。

巨大な掌が、まるで果実でも捥《も》ぐかのように、あっさりと時計を奪った。

その衝撃で、塔が大きく揺れた。さらなる魔鉱を求めてリバイバルが侵攻を再開したとき、根元の建物があっけなく崩れた。

慣れない浮遊感の直後、ぼくは落ちていった。

――あ。ぼく、死ぬんだ。

まるで他人事《ひとごと》のように思った直後に、ぼくの視界は暗転した。


次に目が覚めたとき、ぼくにはほとんどの感覚がなかった。

けれども、助かったとは思わなかった。むしろ逆で、すぐに自分の行く末を悟った。

ぼやけた視界に映るぼくの下半身は潰れていた。瓦礫に押し潰されて、ぼくの半身は、みごとになくなっていた。耳も遠かった。それなのに、自分の虫のような呼吸だけは、鮮明に聴こえていた。おふろに浸かったみたいにからだが温かくて、このまますべてが終わるのを静かに待っていた。

ふと、自分の左腕に意識が向いた。

左腕と、そこに巻かれた時計だった。

作品名は、〈不必要の時計〉。

その意味は、だれも知らなかった。

なぜ必要ではなく、不必要なのだろう。初代工房長は、自分の最高傑作に、どうしてそんな名前をつけたのだろう。

こいつを譲ってやる、とじいちゃんから手渡された日のことを思い出す。

「親父の伝言によるとな、必要なときに、このリュウズを押せということらしい」

「……名前と矛盾していない？　それに必要って、なにが必要なときなのさ」

「わしにもわからん。しかも、押してみてもなにも起こらない。その昔、ばあさんにいちど結婚を断られたときに押してみたが、とくになにも起こらなかった」

ぼくはためしに腕時計の側面にある竜頭《リュウズ》を押してみた。スイッチは、ただ押下されただけだった。たしかに、なにも起こらない。

「ばかやろー、どうでもいいときに押すんじゃねえよ」

「だって、押しても意味がないんでしょ」

「それでも、ルールは守っとけ。意味がわからなくとも、そいつがすげえ時計であることに違いはないんだからな。内部の歯車の層をみてみろ、キア。あの時代に、この細かい加工が……」

じいちゃんの職人談義が頭のなかでこだまして、薄れて消えていく。

……必要なとき。

なにかわからないが、なにかが必要なとき。

そんなときがあるなら、今しかない。

ぼくは、残されたすべてのちからを振り絞って、残り少ない寿命を捧《ささ》げるかのように肉体を動かして、右手を、左手に運んだ。

血に濡《ぬ》れた指の腹で、竜頭を押しこんだ。

明滅する視界に映っていた時刻は——忘れもしない、四時四十四分。

そう示す時計の針が反対側にまわりだしたのは、ぼくの幻覚ではなかった。

幻覚であったならいいと思ったこともあるけれど、そうではなかった。


それがはじまりだった。

ツヅキノ日

Tsuzuki no hi

ツヅキノ日

EIEN
HANAHADA
SHII

次に目が覚めたとき、ぼくがいたのは工房だった。

自分の部屋のパイプベッドのうえで、がばっと目を覚ました。

「…………え？」

きょとんとする、とはまさにこのことだった。

ぼくは死んだ——はずだ。

まちがいなく、すべてが終わったはずだった。

なのに、ここは工房だ。慣れ親しんだ、アンティ家のアトリエだ。天国でも地獄でもない。

四肢はある。潰れたはずの下半身も……ある。まったく、痛くも痒《かゆ》くもない。ぼくは完璧に無事で、今ここで確実に生きている。

しかし、それでも——。

「ま、街は⁉」

ぼくは、外に飛び出した。まだ薄暗い、めざめるまえのリンネ市の通りが広がっていた。建物はどれも壊れていないし、だれも倒れていない。悲鳴も泣き声もなく、平和な早朝そのものがそこにあった。

ためしに坂を登って、小高い位置から街を見渡して確認した。

やはり、普段となんら変わりはなかった。

……夢だったのだろうか？　そう簡単に納得するには、あまりにもすべてがリアルだった。

それでも、そう考えるしかなかった。

ぼくは工房に戻ると、日付を確認した。

時計たちは、どれもが、今があの日の朝だと教えていた。

つまり、ライオネルが朝にやってきて、エルザと食事に行く約束をして、じいちゃんの見舞いに行った日だ。

そして最後に、時計塔に向かったはずの日だ。

机のうえには、作りかけのライオネルの武器があった。仮眠を取る前に作業を進めておいたから、あとは最後の仕上げをするだけの状態だ。

でも、ぼくは仕事する気になれなかった。

どうしても違和感が拭えなくて、しばらくぼーっと過ごしてしまった。

そういえば、あの夢の記憶だと、そろそろライオネルが……。

そう思っていると、扉が動いた。

「なんだ、鍵が開いているじゃないか。まったく、置き鍵を拝借するまでもないとは、不用心にもほどがあるぞ、キア」

さきほど出たときに締め忘れた扉を開けて、ライオネルがひょっこりと顔を出した。夢のなかとまったく同じだ。

マスクの下で、ぼくはものすごく奇妙な表情を浮かべていたはずだった。


「――なんだよ、血相かえてなんの話かと思ったら、そんなことかよ」

場所は変わらず、工房。ぼくの話を聞いたライオネルは、作業用の椅子に腰かけながら、あきれたような声色で言った。

「いいかキア、そいつはな、正夢っつーんだ。そんな経験は、だれにだってある。おれにだってあるぜ。街じゅうの美女が、おれをめぐって大喧嘩《おおげんか》をする夢だ。もう二、三回は現実になっちまっている」

くだらない冗談に付き合ってやれるだけの余裕は、ぼくのほうにはなかった。

「ばかにするなよ、ぼくだって正夢くらいみたことあるさ！　それでも、なにか変な感じがするんだよ。あれが夢だったとは、どうしても思えないんだ……」

「それくらいリアルだったか？　まあ、往々にしてそんなもんだ。いいから顔でも洗ってこいよ。悪い夢のことなんか、とっとと忘れちまえ」

「どうして悪い夢だってわかるのさ」

なんとなく説明したくなくて、ぼくは内容までは話していなかった。

「そりゃ、そんだけ顔色が悪けりゃな」

「でも、マスクが……」

「何年の付き合いだと思っていやがる。おまえのマスクなんて、おれにはほとんど意味がないのさ」

ライオネルは、じいちゃんと同じようなことを言った。

「それで、どうする。もしも体調が悪いなら、その武器はこんどでも構わないっちゃあ構わないが……」

「そういえばライオネル、今回はめずらしく期限を決めていたね。なにか都合でもあるの？」

「ああ、そういや話していなかったか。じつはな、きょうの正午から、おれはちょっと街を出るんだ。市長が隣の市に訪問に行くんで、護衛のひとりに選ばれたんだよ」

「そうだったんだ。市長の……」

「そういうわけで、せっかくだから新しい装備でバシッと決めておきたくてな」

かっこつけたがりのライオネルらしい動機だった。新しい武器のことを思い出したか、ライオネルは口端に笑みを浮かべていたが、すぐにまじめな顔になった。

「まあ、あの市長のことは、おれはどうかと思っているがな。やつの代になってから、リバイバルの出現頻度が桁違いにあがっている。あの一派、魔鉱《フォージ》を蓄えすぎているんだ」

「そのわりに、たいして対策も講じていないって怒っている市民が多いね」

「狩人《かりうど》はがんばっているさ。が、人手が足りていなけりゃ、環境も設備も追いつかないってのが現状だ。政界なんざ、うまく金をばらまいたやつがいい目をみるもんといってても、ありゃさすがにな」

「それでも、護衛には行くんだね」

「仕事はべつさ。それに、腹黒な市長は好きじゃないが、やつの娘たちは美人ぞろいだ。旅行感覚なんだろう、一家で楽しく外遊って具合らしいから、お近づきになる機会はあるだろ？」

ぼくはあきれてしまった。この軽薄な幼なじみときたら、いつだって戦いとロマンスのことしか頭にない。特定の相手は作らずに、たくさんの女性を泣かせている。市長の娘に手を出してクビが飛んでも、正直いって同情はできない。

あらためて、ぼくは作業机に視線をやり、考えた。

あれが夢だったかはさておいて、この剣は、ぼくの主観ではすでにいちど完成させている。

認めるのは癪《しゃく》だけど、ライオネルと話して気がまぎれたというのもあり、今から仕上げるのはじゅうぶんに可能だと思えた。

「おっ、やる気になったか。みせてくれよ、一流の職人仕事を」

「言っておくけど、ぼくはケアノス市になんて行くつもりはないからな」

「……やけに勘がいいな。どうしてわかった」

意外そうに目を丸くして、ライオネルはふところから紙を取り出した。

偶然の的中というには、あまりにも奇跡的すぎた。

あとから思えば、そのときに確信しておくべきだったのだろう。


奇妙な偶然は、ライオネルの一件にかぎらなかった。

昼ごろに、作業用具を持って街に出かけると、南の門にリバイバルが出たと騒ぐ市民たちとすれ違った。

どうも知っている顔が多いような気がする。市長の文句を口にしながら走る男性なんかは、とくに見覚えがあった。

ぼくは、冷や汗が額を伝っていくのを感じた。

とてつもなくいやな予感がした。それでも、今現在のリンネ市は、いつものままだ。まだなにも起きていないし、なにかが起こりそうな気配もない。

「……だいじょうぶに、決まっているさ」

言い聞かせるようなひとりごとを吐いていると、

「キア！」

と、声をかけられた。気づくと、ぼくはエルザの花屋の前を通っていた。

エルザが心配そうな表情でこちらをみていた。

「どうしたの？　なんだか怯《おび》えているみたい。具合でも悪いの？」

「……マスクをしているのに、なんでわかるのさ」

「あのねえ、何年の付き合いだと思ってんのよ」

みんな、同じようなことを言う。

「キア、熱はない？」

「だいじょうぶだよ。いやほんとうに、ぜんぜん、へいき」

体温を確かめようとするエルザを、ぼくは振り払うようにしてしまった。

「具合が悪いわけじゃないなら、過労の前兆かしら。キアったら、最近ちょっと働きすぎなんじゃない？　ますます痩せたみたいだし。うーん……あ、そうだ」

「……ひょっとして、向こうの通りに新しくできたレストラン？」

「えっ。どうしてわかったの？」

驚くエルザから、ぼくは顔をそむけた。

寒気がする。

「まさか、キアも行ってみたかったの？　それならちょうどいいわ。今夜、ふたりでそこに行きましょう。ちなみに、断るのは断るからね」

無理やり約束を取り付けてくるエルザの元から、ぼくはふらふらと立ち去った。ネクタイを忘れないようにね、という声が背中にかかっても、まともに返事ができなかった。


「なんだおめぇ、棺桶《かんおけ》に入ったわしの親父よりも死人っぽいツラしてやがるな」

その後、病院へ立ち寄ったときには、ぼくはすっかり気力がなくなっていた。

じいちゃんの小言に言い返す気にもなれない。廊下で果物を奪おうとしているこどもたちの存在には気づけたが、守るのも億劫《おっくう》で、むしろ差し出してしまっていた。

「聞いてよじいちゃん、なんだか変なんだよ」

「安心しろ、おめぇが変なのは今にはじまったことじゃねぇ」

「そうじゃないんだよ。もう、説明できないくらい奇妙なんだ。これから起きることが、全部わかるんだ。正夢なんてレベルじゃないんだよ」

こってことは、そいつは深刻な思いこみだな。つまり、おめぇの頭が疲れているってこった。いい機会だ、しばらく工房を畳んでおけ」

「畳んでどうしろっていうんだよ」

「おめぇの人生なんだ、おめぇで考えろ。なんかあるだろうが、やりてぇことが」

「ぼくがやりたいのは、この街で時計を作ることだっていつも言っているだろ」

だいいち、今はそんな話はどうでもよかった。

「どうしよう。このままだと、街がまずいことになるかもしれない。ぼくがなんとかしないと」

「……なんなのか知らねぇが、どうしておまえがそう背負いこまないといけないことがある」

「だって、ぼくにしかわからないことなんだ。この街が、あともう一時間ちょっとで崩壊するなんてことは！」

じいちゃんは、露骨にあわれむような顔になった。

「キア、おめぇ、まじに休んでおけ」

「信じてよ！　ほら、そろそろこどもたちが来るよ。おもちゃを直してもらいに」

言った傍《そば》から、強奪した果物を掲げて、こどもたちが乱入してきた。

「職人のおじいちゃん、このおもちゃ直してー」

「ほら、ほら来た！　これで信じるよね！」

「キア、きょうは帰って寝ろ。わしなんかよりも、おめぇのほうがよっぽど療養が必要だ」

「じいちゃんってば！」

じいちゃんは、取り合う気もなくしたようだった。こどもの持ってきたおもちゃをみてやりながら、しっしと追い払うように手を振った。

しょぼくれて病室を出ようとするぼくに、じいちゃんは言った。

「そうだ、キア。おめぇに、ひとつ渡したいもんが……」

「なんだよ」

「……いや、またでいいか。とにかくおめぇはむかしから、ひとの話を聞かないのが難点だ。どうせまた現実逃避で仕事に没頭する気だろうが、からだを壊してからじゃ遅《おせ》ぇからな、ジジイの忠告は聞いておけよ」

……話を聞かないのはどっちだよ。

ぼくはそう思ったけど、おとなしく退散することにした。

夕暮れどきがやってきた。

ぼくは、街はずれの時計塔のうえにいた。高い場所が好きだといっても、まったくリラックスにはならなかった。むしろ、気が気でなかった。

あきらかにおかしいのに、なんの対処もできないまま、ここまで来てしまった。

リンネ市を見下ろしながら、吹き荒れる風のせいか、それとも恐怖のせいか、ぼくは震えるからだを抱きしめていた。

なるだけ思い出さないようにしていた風景が、いやでも脳裏によみがえる。

壊されていく街。

逃げまどう市民たち。

……潰れたぼくの下半身。

時間ばかりが、刻一刻と進んでいく。

ぼくは、まるで自分がふたりいるかのように感じていた。なにかが起きてしまうと確信している自分と、このままなにも起きないはずだと妄信している自分だ。

なにも起きなければ、もちろんなんの問題もない。それが最高のかたちだ。なにも起きなければ、ただそれだけで、ぼくはこの震えから解放される。

反面、なにかが起きてしまったときには……。

四時四十分になった。

はじめ、ぼくは安心した。穴が開くほどにみつめていた場所には、なんの変化も起きなかったようにみえたからだ。

だが、その安心は、直後に裏切られた。

地面の隆起。それから、経験したこともないほどの地鳴り。夢でみた光景とまったく同じように、地の底から、そいつはあらわれた。

赤い瞳の怪物。そのデザインに人間の意思が介在していないことを証明する、武骨で調和の取れていない、左右非対称《アシンメトリー》な魔鉱のかたまり。

この街のだれもみたことがない、規格外の破壊者だ。

そいつは、ぼくが知っているのと同じように、リンネ市を蹂躙《じゅうりん》した。

前と同じように街を突き進み、魔鉱を求めてその巨大な腕を振り、邪魔なものをすべて粉砕して、時計塔の前までやってきた。

ぼくが動けなかったのは、恐怖のせいではなかった。ここまで、ぼくがすでに経験したことを、きれいになぞってきた。だから、ここで自分が死にかけることになるというのも、既定路線であるように感じていたからだった。

しかし、ぼくの死に方は、以前と同じではなかった。

塔が崩れて、ぼくは落下した。そして運が悪いことに、その直下で待ち構えていた、鋭利に突き出した建物の鉄骨に、ぼくは突き刺さった。

経験したことのない痛みに——その信じられない熱さに、ぼくは絶叫した。

おなかを貫通する巨大な鉄の串。その隙間から噴き出すのは、この細っこいからだにこんなにも詰まっていたのかと驚くほどの、大量の血液。

それが口からもせりだして、マスクのなかがぬるい液体でいっぱいになった。

だらりと下がる腕に、鮮血が伝う。

急速に暗くなっていく視界で、ぼくは突如として思い出した。

腕時計の存在を。

硬い竜頭《リユウズ》に指先で触れて、あのとき祈るように押したことを。

――同じようにしなければ。

ぼくは、左手首に右手を伸ばした。

押せたかどうかは、自分でもわからなかった。おそらく押せたのだろうとわかったのは、次の瞬間には、自分がべつの場所にいたからだった。

暗転する直前に耳にしたのは、時計の針が回る音。

そしてぼくは――工房にいた。

工房の、自分の部屋のベッドのうえにいた。

壁にかかる時計は、すべて朝の四時四十四分を指している。

ぼくの腹に、穴は空いていない。

からだには、いっさいの傷はない。

記憶は、完全に鮮明だった。なにひとつとして曖昧《あいまい》なところはない。おぼろげなことはひとつもない。正夢でも白昼夢でもなかったことは、まちがいない。

それでも、ぼくは工房を飛び出さざるを得なかった。

いちども足を止めずに走って、ふたたびあの時計塔へ向かった。

足が疲れても、気にも留めなかった。あらかじめ渡されていた関係者用の鍵を使って進入し、塔を登った。

それから、ぼくは待った。ただひたすらに待った。

空腹も時間も、なにもかもが気にならなかった。

ぼくが気にしていたのは、真実だけだった。

自分の頭がおかしくなっているだけなら、そのほうがずっとよかった。じいちゃんは、ぼくの様子が変だと言っていた。ぼくが変になっているのならいい。

夢だろうと勘違いだろうと、まちがいであればなんだっていい。

今回で、白か黒か、どちらなのか判明する。

ふたたび、そのときがおとずれた。

時刻は、夕方の四時四十分。戻った時間から、ぴったり十二時間後だ。

悪い予感は、当たった。

まったく同じ時間に地面が割れて、リバイバルがあらわれた。そして当然のように街を壊して、侵攻をはじめた。

ぼくが覚えたのは、はじめてその蹂躙を目にしたときとは違う衝撃だった。

あのときは、街が壊されるショックだった。今は、それだけじゃない。

信じられない現象に、足の力が抜けて、思わずふらついてしまう。そのとき、ちょうど強風が吹いて、ぼくのからだを虚空へと押し出した。

ふわりと宙に投げられて、ぼくは落下した。

着地の衝撃で、ぼくのからだがめちゃくちゃになる。

でもぼくはその前に、すでに時計に手を添えていた。

どうやら人間は、死に至る重傷を負っても、なかなか即死はしないものらしい。潰れたトマトのような外見になって、そんな知りたくもない事実を学んだぼくは、息が絶える前の最後の力で、竜頭を押しこんだ。

そのとき、時計の針が逆に回るのを、きちんとこの目で確認した。


そして――。

ぼくは、ふたたび工房に戻っていた。

やはり、肉体は修復されている。いや、そもそも、けがをしたという事実すらなくなっているのだ。ぼくは眠りから覚めて、ただ新しい日を迎えただけだ。

それでも、ぼくの汗は止まらなかった。一律に刻まれる秒針の音だけがこだまする室内で、ぼくは思わず、ひとりでつぶやいてしまった。

「——うそだろ」

残念なことに、うそではなかった。

ぼくは、確実に時間を戻っていた。左手の時計は——じいちゃんのじいちゃんが作ったという時計は、ただ規則正しく時を刻んでいるばかりだった。

永遠甚だしい

EIEN HANAHADASHII

ギワクノ日

Giwaku no hi

ギワクノ日

EIEN
HANAHADA
SHII

錠前のはずれる音がして、扉が開いた。

「この工房、職人の腕はいいが、防犯意識がどうも甘いな。もう少し気をつけないと……って、うおっ！」

いつものように侵入してきたライオネルは、アトリエの隅の暗い場所に座りこむぼくの姿をみて、声をあげた。

「なんだってんだ、キア。幽霊かと思ったぜ」

「ライオネル。今からぼくが言うことを、たったひとつでいいから否定してくれ」

「なんだよ、藪《やぶ》から棒に。クイズでもする気か？」

「真剣に聞いてくれ。きみは、きょうの昼から市長の護衛任務につく。きみは、今の市長のことは嫌いだけど、仕事は仕事だし、娘が美人だから乗り気だ。違う？」

ライオネルは、怪訝《けげん》そうに眉をひそめた。

「任務のこと、おまえに話していたか？　そんな記憶はないがな」

「きみは、いつもより多めの報酬金を持ってきている。そのコートの内側には、ケアノス市にかんするリーフレットが入っている」

「なんだ、読心術とかいうやつか？　変なマジックを仕掛けるのはやめろよ、おれはそういうのは好きじゃない」

顔をゆがめるライオネルだが、それ以上にゆがめたのは、ぼくのほうだった。この期《ご》に及んで自分の勘違いを期待していたなんて、われながらおろかだった。

「よくわからんが、依頼を受けた以上、おれが頼んだ仕事はきちんとだな……」

作業机に向かう幼なじみの肩を、ぼくは止めた。

「ライオネル――相談したいことがあるんだ。聞いてほしい」

ぼくは、これ以上ないほど真摯《しんし》に、ありのままのことを話した。

ライオネルに事情を説明しながら、これまでの荒唐無稽《こうとうむけい》な出来事を、ぼく自身もあらためてみつめなおすことになった。

それは語れば語るほど、ありえない話だった。

それでも、どうにかして信じてもらうしかない。

すべてを話し終えると、ぼくはおそるおそる顔を上げた。

ライオネルは、なんともいえない表情を浮かべていた。少なくとも、困っているのはあきらかなようだった。

「ちょっと整理していいか」

「うん」

「きょうの夕方に、このリンネ市にバカでかいリバイバルが襲ってくると」

「うん」

「そいつはだれにも退治できなくて、街は完全に破壊されると」

「うん」

厳密には、ぼくは街がすべて崩壊するところはみていない。それよりも先に、ぼくが死ぬことになっている。だが、わざわざみないでも確信できることだった。

「そんでおまえは、そいつにもう三回は殺されかけていると」

「うん」

「それでもおまえが元気にここにいるのは、その時計のおかげだと」

「うん」

「はあ……オーケイ、よくわかった」

「ほんとうに？　ほんとうに、わかってくれた？」

ライオネルの言葉に、ぼくは喜んだ。

もっとも、大きなためいきをともなっていたから、疑いながらだったけど。

「キア。おまえ、エルザになにをしたんだ。むりやり迫りでもしたか」

「な、なんの話？」

「こっぴどくフラれちまって、頭が変になっちまっているんだろう。なんといっても、おまえがこんなおもしろい冗談を言うはずがないからな。おもしろくない冗談だってなかなか吐かないというのに」

ぼくは肩を落とした。まったく信じてもらえていないようだった。

「女との付き合いかたなら、前にうまい方法を教えただろう。いいか、なによりも下準備がだいじなんだ。まずはだな」

「頼むから茶化すのはやめてくれ。ぼくは本気なんだよ」

ぼくが声を荒らげると、ライオネルもまじめな顔になった。

「眉唾どころの話じゃないぞ」

「それはわかっているよ。そのうえで話しているんだ」

「もういちど確認するが、その時計のスイッチを押したら、過去に戻ることができるといったか？」

「スイッチじゃなくて、リュウズ。……でも、そう。そのとおりだ」

「今、押してみたらどうなる」

「たぶん、なにも起きないと思うけど……」

ライオネルが来る前にも、いちど試していた。だが、そのときはなにも起きなかった。なにかが起こるかもしれないという、あの確信めいた予感もなかった。げんに、今も竜頭《リュウズ》はほんの小さな音を立てて沈むだけだった。

「やっぱり、だめみたいだ。でも、どうしてなんだろう。ひょっとして、あいつが来ないと無理なのかな」

それとも……ぼくが死にかけないとだめなのだろうか。

「……まあ、ならそれはいいだろう。つまり、今は動かないが、とにかくそいつは、使った人間を過去に戻す時計だと。だがそうだとしたら、おまえはそいつが超越物《ビヨンド》の一種だっていうのか」

ライオネルの質問に、ぼくはハッとした。

超越物。それは、ごく特別な魔鉱《フォージ》製の道具《アイテム》を指す名称だ。

その特別というのは、ただの特別という言葉では括《くく》れないほどの特別ぶりだ。

なんといっても、超越物としてかぞえられるような道具は、人類史でいってもほんの数個しか発見されていないからだ。

たとえば——雨降らしの銀盤《レイン・フォールルナー》、十八対の通り抜け鏡《ワープホールミラー》、消失する紫傘《バニシンブレラ》などが挙げられる。

簡単な操作で自在に雨を降らす銀盤、複数の鏡面を出入り口として自由に行き来できる十八個の鏡、傘を差した人物の存在がまるごと消えてしまう傘。

そうした人智を超えた効果を持つ道具たちが、超越物と総称されている。

その素材は、リバイバルの部品だ。

ある種のリバイバルは、超科学的な能力を有している。そうした特別な個体から作られた道具が、その能力を引き継ぐというのだ。

ともあれ。

もしも、この世に時間を戻す時計が存在するとしたら。

それは文句なしに、超越物のひとつとしてかぞえられるはずだ。

「じいちゃんは、初代の工房長がこれを作ったって言っていたけど……」

「もしもそいつが超越物なら、値打ち物どころの騒ぎじゃない。街がまるごと買えるような代物だぜ。それを、おまえはそうと知らずにずっと腕に巻いていたってのか」

ライオネルの指摘はもっともだった。それに、ぼく自身も気になるところだ。職人の端くれとして、中身を調べたいという欲求もある。

それでも、ぼくは首を振った。

「肝心なのはそこじゃないんだよ、ライオネル。今はなにより、夕暮れどきのことだ。この街が壊されるっていうこと、それだけだ」

不服そうなライオネルに、ぼくはたずねた。

「ねえ、ライオネル。狩人《かりうど》として、このへんで巨大なリバイバルの目撃談は聞いたことはないかな。それで対策がされていたりとか、準備していたりとか」

「いや、そんな話は聞いたことがないな。それよりおまえ、そのリバイバルは数十メートル……西の時計台に迫るほどだって言っていたか？」

「うん。やつの全長が、ちょうど並ぶくらいだった。まちがいないよ」

「そいつがなによりもありえないんだ」

ライオネルは、そう言い切った。

「いいか、キア。リバイバルってのはな、A級に分類される最大サイズでも、十メートルに満たないくらいしかねえのさ。つっても、それでもじゅうぶんに化けものだがな。それを超えるような全長だと、真偽不明な伝承でしか聞いたことがないぜ」

「なら、その伝承に出てくるような敵だってことだよ」

「超越物の時計に、伝説の怪物ってか？　おいおい、勘弁してくれよ。おまえがおとぎ話のたぐいが好きながきだったのは知っているが、この年になっても首ったけなようじゃ困るぜ」

ライオネルは、いい加減うんざりしたような表情になった。

「さあ、それよりも仕事を再開してくれよ。報酬はたんまり用意してある」

「勝手に話を切り上げないでくれよ。それなら、さっきぼくが、きみの午後の予定を当てたことはどう説明するのさ。それも偶然に夢でみただけだって言うのか」

「あれにかんしては……そうだな。だれか人づてに聞いたか、もしくはおれをつけたか。いや、そこまでせずとも、うまく推理すれば当てられることか」

「そんなわけがないだろ！　じいちゃんを除いたら、ぼくはきみとエルザ以外にまともな知り合いなんていないんだ。推理するにしたって、その内ポケットにリーフレットが隠されているだなんて断定できるわけがないだろ？」

ぼくの反論に、ライオネルはなにも返さなかった。一理あると言いたげだが、そうだとしても話をすべて信じることはできないという反応だった。

どうすればわかってもらえるだろう。そう考えて、ぼくはふと思いついた。

ぼくは作業机に飛びつくと、完成間近のふた振りの剣をライオネルに渡した。

「ライオネル、この剣をみてくれ。これが、きみの新しい武器だ。きみは、この剣にどんな名前をつける？」

「名前か。じつは、あらかじめ考えておいたのがある。二刀流の剣でオーダーしていたから、いろいろとイメージが膨らんでな。その名も――」

「――〈殺戮丸《さつりくまる》一号・二号〉。そうだろ？」

ライオネルは黙りこんだ。めずらしく、額に汗まで浮かべていた。

「以前のループで教えてもらったんだ。こんなこと、勘でどうにかなる話じゃないだろ。そしてきみはだれにも話していないから、どこにも情報が漏れていない」

「……それ、は」

「信じてくれ、ライオネル。ぼくは自分のために言っているわけじゃないんだ。なんども言っているけど、このリンネ市が……ぼくたちの街が、壊されるんだよ」

両腕を掴《つか》まれての説得に、ライオネルはまるで観念するかのように溜め息をついた。


昼のことだった。

ぼくは街の雑踏のなかにいた。中央広場の噴水の近くで、ぼくの背後には大きな建物があった。

寄宿舎と呼ばれる、狩人たちの根城だ。彼らにとっての本部のような場所で、ここで公式のライセンスを発行したり、仕事を受注したりしているらしい。

その寄宿舎の前でそわそわして待っていると、扉が開いた。

あらわれたのは、仮面をつけたライオネルだった。

「ど、どうだった！」

「あまり大声を出すなよ、注目を集める」

ライオネルはぼくの耳元に口を近づけると、

「安心しろ、隊長はきちんと話を聞いてくれた。夕方までに、西の門に部隊を派遣するそうだ。護衛任務のせいで人手探しには苦労するかもしれないが、じゅうぶんな人員を集めるって話だ」

その報告に、ぼくはマスクのなかで口を大きく広げてしまった。

「やった！　よし……よし！」

ぼくがライオネルに頼んだのは、狩人たちに話を通してもらうことだった。ぼくのような門外漢がいきなり訪ねても相手にされないのはわかっていたから、内部の人間であるライオネルにお願いしたのだった。

建物の外で待ちながら気が気でなかったが、どうやらうまくいったようだった。

「ライオネル、リバイバルの情報はきちんと詳しく伝えてくれた？　そんじょそこらの部隊だと、どうにもならないって」

「ああ。といっても、おまえから聞いたまま話したわけじゃないがな。大きさは、目測で十五メートルほどの個体で、おれがけさ、リンネ市の近くにいるのをこの目で目撃したということにした」

「どうしてだよ」

「信じてもらえるわけがないからだ」

ライオネルはマスクをはずすと、吐き捨てるように言った。

「そのでっちあげですら、かなり微妙だったんだぞ。どうしてそんな早朝に市外にいたのか聞かれても、気分で散歩していたとしか答えようがない。なぜそのときにリバイバルが襲ってこなかったのかと聞かれても、おれも知らんとしか言いようがない。それでいて、おそらく日没までにはあらわれると思うから、万全の準備をしておけと頼みこんできたわけだ」

そう説明されると、こちらとしても飲みこむしかなかった。

たしかに、そのまま話して信じてもらえるわけがない。ならば仲介役を担ってくれたライオネルはどうなのだろうと、ぼくはとなりで顔色を窺《うかが》った。視線に気づいたライオネルは、ニヒルな笑みを浮かべると、

「おれはどうかって？　おれはな、気にしないことにした」

「どういうこと？」

「幼なじみとして、おまえの言うことは全面的に信じる……なんて性格ならよかったが、あいにくおれは根っからのリアリストだ。だとすれば、気にしないほうがいい」

広場を歩き始めたライオネルに、ぼくはうしろからついていった。

「考えてみれば、このあと起きることはふた通りだけだ。ひとつは、おまえの言う規格外のリバイバルがあらわれるケース。そうすれば、おれはいつものように戦う。もうひとつは、なにも起きない場合だ。そのときは、おれは隊長やほかの狩人たちに頭を下げる。今晩は全員が満足するだけの酒を奢《おご》って、あすの朝にはきれいさっぱり忘

れてもらう。シンプルな話だろ？」

ものごとを深刻に悩まないライオネルらしい態度だった。

それでも、なにも思わないはずはなかったのだろう。その証拠に、ライオネルは腕時計を覗《のぞ》いた。もうずいぶん前にぼくが幼なじみたちに贈った時計だ。できが悪いから新しいのを作ると言っても、はずすことはなかった。

「……もしかして、市長の護衛任務に向かう時間？」

「ああ。ブッチするかたちになっちまったな」

深く考えるまでもなく、ライオネルにとって貴重な機会だったのはわかる。

若手の有望株として名前の売れているライオネルからすれば、政府の関係者に接触することは、出世の登竜門だったに違いない。

「……ごめん、ライオネル」

「なに謝っていやがる。おまえの言ったとおり、おれはあの市長は好きじゃない。だから、べつに気にしちゃいない。それに、おれがここにいるのは、おまえのためじゃないんだぜ」

そのとおりだ。

ライオネルには申し訳ないけど、これは街のために必要なことだ。

そうわかってはいるけど、ぼくは複雑な気分だった。その心境を見抜くかのように、ライオネルはぼくの背をバシッと叩《たた》いた。

「つたく、元気を出せ。なにはともあれ、腹がすいては戦はできねえんだから、まずは適当なところで腹ごしらえとしよう」

ライオネルは広場の角にあるカフェテリアに足を踏み入れていった。いたた、と背中をさすって、ぼくはあとを追いかけた。

そのとき、ぼくはたしかに希望を抱いていた。

これできっとどうにかなるんだと、そう信じていた。

その希望は、長持ちしなかった。

西の壁沿いに並ぶ狩人たちをみたとき、ぼくはひたすらに不安を覚えた。

彼らは、普段の標準的な装備をして、とくに隊列を組むわけでもなく、それぞれに談笑していた。ベンチで昼寝する者もいるくらいだった。

いちだんと体格の大きい狩人は、仏頂面で腕組みをしていた。ライオネルの説明だと、彼が今この街でもっとも偉い狩人で、隊長と呼ばれるひとのようだった。片目だけ露出する、やけにいかついマスクを装着していて、威圧感があった。

ひいふうみい、と離れた場所で頭数をかぞえると、ライオネルは言った。

「小部隊が六つぶんか。まあ、この短時間にしてはずいぶんと揃《そろ》えてきたほうだな。

装備も、いちおうおれの言ったとおり遠距離用を揃えてきている」

たしかに、彼らはみな大きめの銃砲を背負っていた。むかし戦争が起きたときに発明されたという、連装式の銃だ。

だが、ぼくには意味のある装備にはみえなかった。

思わず、ぼくは声を上げてしまった。

「ライオネル、だめだ。こんなんじゃ、ぜんぜんだめだよ！」

「おい、キア」

「言っただろ、ここに来るのはもっと、信じられないような大きさのやつなんだって。あんなちっぽけな銃じゃ、どうにもならない！」

「キア、落ち着けって。現状でやれるだけのことはやっているんだ。むしろ、あんな荒唐無稽《こうとうむけい》な説明だってのに、武器も人員もよく集めてくれたほうだ」

「集めてこれだって？　ああ、うそだと言ってよ」

無力感に包まれて、ぼくはその場にしゃがみこんでしまった。

「いったいなんの騒ぎだ、ハスカー」

狩人の隊長が、ライオネルの苗字を呼んで近づいてきた。対して、ライオネルは芝居のようなわざとらしい仕草でおじぎをした。

「おお。これはどうも、隊長殿。ご協力、かさねがさね感謝いたします」

「フン。いったいなんのつもりかは知らんが、きさまの要望どおりにしてやったぞ。これでなにもなかったときは、わかっているのだろうな」

「ええ。ですが、その点にかんしてはご安心を。かならず敵は来ますし、準備が無駄になることはひとつもありません」

「A級のリバイバルが複数体か。にわかには信じられないが……」

どうやら、ライオネルはそう説明していたようだ。

A級――つまり最高ランクの討伐難易度ということになる。もちろん、それだって大変な被害を生むだろう。だが、ぼくがみたあの敵は、その比ではない。

「隊長さん、聞いてください。このままだと大変なことになります。部隊は全滅するし、それだけじゃない、この街は崩壊します！」

「おい、キア……」

ライオネルが止めてくるが、構っている暇はなかった。

「なんだ、こいつは。ハスカー、きさまの知り合いか」

「ぼくがだれかなんてどうだっていい！　いいですか、ぼくもこの目でリバイバルをみたんです。ライオネルは、わざと敵の規模を小さく伝えただけで、ほんとうはもっと巨大な怪物がここに来るんです」

そのとき、彼はようやくちゃんとぼくに視線をやった。まるで理解できない珍妙な芸術品でもみるかのような目つきだった。

「今の話はほんとうか。だとしたら、なぜハスカーは嘘《うそ》をついた」

「ほんとうのことを話しても、どうせあなたたちは信じてくれないからだ！　でも、真実を隠したところで事態は解決しない。ぼくたちは、全滅する！」

「ほう。その真実とは？」

気づけば、たくさんの狩人たちがぼくらを囲っていた。隊長が話しているから、注目を浴びているようだった。

ちょうどいいと思い、ぼくは叫んだ。

「リバイバルのサイズは、ただのA級なんかじゃない。あの時計塔をみてくれ、あの頂点に背が届くくらいの、正真正銘の化け物なんだよ！」

しんと、場が静まり返った。

次の瞬間、

「ぶはっ……はっはっはっはっ！」

だれかが大きく笑った。それで火がついたように、その場全体が爆笑に包まれてしまった。いかにも寡黙そうな隊長も、くつくつと笑っていた。

「なんということだ。どうやら、俺たちは一杯食わされたようだな」

ライオネルに目を向けたときには、一転して、こわい目つきになっていた。

「ハスカー、きさま、ふざけているのか」

さすがのライオネルも、返す言葉がみつからないようだった。

ぼくは頭を抱えた。どう訴えても、絶対に信じてもらえないようだ。でも、それならどうすればいい？　ぼくはいったい、だれに助けを求めればいいんだ？

時間のことに気がついたのは、そのときだった。

時計は、四時四十分を報《しら》せていた。もう、あの時間だ。

「まずい……！　みんな、武器を——！」

ぼくが声を張り上げたのと、地面が揺れたのは、ほとんど同じタイミングだった。

はじめて地上でその揺れを感じたぼくは、地中から足に伝わる、そのリバイバルの脈動に、心臓が凍りつくような錯覚を覚えた。

それは寒気であり、怖気《おぞけ》だった。

死を間近にした、肌を刺す恐怖だった。

夕日をまるごと覆い隠すような、巨大な影が周辺一帯に落ちた。

だれもが一様に見上げたが、だれもが一様に声をあげなかった。なにも知らない者が突然みたら、空に屋根ができたように錯覚するに違いなかった。

だがもちろん、それは屋根でもなんでもなかった。

赤い単眼が、冷たい光を放って街を見渡していた。

そして――侵攻がはじまった。

まっさきに被害にあったのは、ここに集まっていた狩人たちだった。

彼らが蹂躙《じゅうりん》されるのをみて、ぼくはこの場所が迎撃に向かないということに、ようやく気がついた。街に侵入してきたリバイバルの足元に集まっているから、応戦もなにもないのだ。構えるなら、もっと高い位置じゃないと……。

だれかの叫び声が聞こえた。無慈悲な進撃にあっけなく潰されたひとたちの断末魔だったのかもしれなかったが、わからなかった。壁と建物の倒壊音と、発砲音と、指示とも悲鳴とも取れない大声が飛び交うせいで、まるで事態を把握できなかった。

それどころか、ぼく自身が危険なところにいた。

このままだと、轢《ひ》き殺される。

そう悟ったとき、ぼくの腕をだれかが引っ張った。

ライオネルだった。騒乱のなかで、マスクが半分破けていた。

「キアっ、退くぞッ！　はやくっ……」

でも、間に合わなかった。ぼくの半身は、リバイバルの侵攻に巻き込まれてしまった。ライオネルが引っ張ってくれたおかげで、ぎりぎり即死しないで済んだかたちだった。それでも、まちがいなく致命傷だった。

ライオネルの顔が悲痛に満ちる。

その口がわずかに動いた。すまない、と言ったようだった。

謝るのはぼくのほうだと思った。こうなることを知っておきながら、ぼくにはなにもできなかった。伝えかたも、やりかたも、すべてまちがえてしまったようだ。

意識がなくなる寸前に、ぼくは腕時計に手を伸ばした。

時空がゆがんで、あらゆるものが逆に再生されていった。

テイコウノ日

Teikou no hi

ぼくは、工房に戻っていた。

四回目ともなると、この現象に驚くことはなかった。

それなのに、ぼくがしばらくその場から動けなかったのは、今しがたの光景が目に焼きついて離れなかったからだ。

ひとが、死んでいた。

そうだ……ひとは、死ぬものだ。運がいいと、ベッドで死ねる。運が悪いと、スプーンで混ぜたゼリーのように身を崩して、この世から消えていく。

彼らは一般人ではなかった。常人よりも遥《はる》かにリバイバルの対応に慣れた精鋭たちだ。そんなプロたちでも、あいつに遭遇したときはなにもできなかった。

それでも、彼らがいちばん頼りになるのはまちがいない。

「考えろ。……考えろ、考えろ、考えろ、キア・アンティ」

ぼくは頭をかきむしって、身をよじった。

手法を変えれば信じてもらえるのだろうか。いや、あの笑われようを考えるに、ぼくがどう主張したって無理だろう。彼らを説得するならライオネルしかありえない。

だが、ライオネルはすでに自分がもっとも合理的だと考える手段を採ったはずだ。げんに、武装した部隊を出動させることには成功していた。なんの証拠もないなかで実動まで持ちこむなんて、なかなかできることじゃない。

問題は、なにもかもが足りなかったことだ。頭数も、武器の数も、種類も大きさも。なにより、戦うひとたちの覚悟が足りていなかった。

方法を変えなければ。

切り口を変えていかないと、また同じ結末を迎えるだけだ。

ぼくは作業机に向かうと、思いついた案をノートに書き出していった。

ありったけの魔鉱《フォージ》の在庫を使い、巨大リバイバルの一部にみえる偽物を作るのはどうだろう。それを狩人《かりうど》たちにみせて……いや、どうしてぼくが持っているのかという話になる。それにどっちみち、そいつが本日襲ってくる証拠にはならない。

あるいはだれかを雇って、巨大リバイバルを目撃したと証言してもらうのは？　ぼくひとりだから信じてもらえないだけで、複数人いれば話はべつかもしれない。もっとも、そんな酔狂に付き合ってくれるひとを探すのは苦労するだろうが。

前提の確認もたいせつだ。あの狩人たちの装備は、きっと寄宿舎にあるという武器倉庫から持ってきたものだろう。ライオネルのような稼ぎ頭じゃないと、高価な魔鉱武器を所有することはできないから、共有の装備を持ち出しているはずだ。

ひょっとしたら複数のA級と戦うかもしれないと覚悟しながらの装備があれだったのだから、現状の最高は、あまり高く見積もるべきではないだろう。

忘れないようにメモしていく最中、ぼくはある事実に気づいて、手を止めてしまった。こうしてノートをとっていても、このメモ書きすら消えてしまう可能性があるのだ。書きながら自分の脳にきちんと記憶しないと、この行為に意味はない。

そう、死んだらまたやり直しだ。

ぼくは、ペンを持つ手が震えていることに気がついた。

……もう、これ以上死にたくはなかった。

「それでも……やるしか、ない」

机にかじりついていると、すぐにライオネルがやってくる時間になった。

「よお、キア。精が出るな。仕事熱心なのはけっこうだが――」

「――セキュリティには気をつけろ、だろ？　こんどから、置き鍵はやめるよ」

ぼくがそう答えると、ライオネルは意外そうな顔をした。

ふいに、ぼくを引っ張ったときのライオネルの表情を思い出した。

頼むことに躊躇《ちゅうちょ》を覚えなかったといえば嘘になる。

それでも、ライオネルにはどうしても協力してもらう必要があった。

「なんだよ、ひとの顔をじっとみて。悪いが、おれは男には興味が……」

「ライオネル、頼みがあるんだ。このとおりだ、なにも言わずに聞いてほしい」

ぼくが深々と頭を下げると、ライオネルは顔をしかめた。

「おい、どうしたってんだ。水臭いことはやめろ、頭なんか下げるんじゃねえ」

「でも、きみには迷惑をかける。昼からの仕事も、キャンセルしてもらうことになる。そのうえでお願いしたいんだ。これは、ぼくの一生の頼みだ」

「だから、やめろと言っているんだ！」

舌打ちすると、ライオネルはぼくの頭を掴《つか》んで無理やり引っ張り上げた。

「くそっ、わかったよ、おれにできることなら聞いてやる。だから、にどとそんな真似をするんじゃねえぞ」

そう吐き捨てるように言った幼なじみに、ぼくは本心から申し訳ないと感じた。理由は、嘘をつくことになるからだ。

ライオネルには、ループのことを明かさないほうがいいとぼくは判断していた。

こいつは頭がいいから、常識でものを考えてしまう。そのせいで、時間のループなどという眉唾な話からは、無意識のうちに距離を置く。だったら、最初からぼくの頼みを聞いてもらうという方向で固めてしまったほうがいい。

頭を下げたのも、ライオネルが格式張ったことをなにより嫌うという性格を知ったうえでの打算だった。

「よく聞いてほしい。じつは――」

目標を達成すべく、ぼくはライオネルに頼みを語った。

夕方、ぼくはふたたびリンネ市の西側にいた。

ぼくだけではない。ライオネルや、そのほかの狩人たちも集っている。

前回と異なるのは場所だった。旧議事堂の近くにある建物の屋上に、ぼくたちは集まっていた。

「ほんとうに、この場所にリバイバルがあらわれるのか？」

隊長から、もうなんどめになるかもわからない確認をされた。

「まちがいないと思います。このレーダーの感知率は、ものすごく高いんです。彼に試用してもらっていたときも、ほとんど百パーセントの確率で作動していました。そうですよね？」

「……ええ、まあ」

あいまいにうなずくライオネルに、ぼくは罪悪感を抱いた。

今、ぼくは複雑な機構のからくりを腕に抱えていた。その表面にあるガラス質の素材には、赤い光が明滅していた。

　これは、午前のあいだにぼくがこの手で作り上げたレーダーだ。この機械は、周囲のリバイバルの存在を検知するという優れものだ。

　そのレーダーを、隊長はじろりと疑いのまなざしで覗《のぞ》いた。

「しかし、こんなものでどうやってわかるというのだ」

「周波数の特性を活《い》かしているんです。リバイバルの内部で動く魔鉱が、特定のテラヘルツ波を放っているのはご存じですよね。このレーダーの内部では、受け取る波長を随時特定していて、リバイバルの放つ信号と合致していた場合には光が灯《とも》るようになっているんです」

「……まだ、周囲に敵の姿がみえないにもかかわらずか？」

「それだけ大きいリバイバルが潜んでいるということだと思います。なんども確かめたので、故障ではありません！　信じてください！」

「わかった。わかったから、大声を出すな。いちおう、信じてやったからここに来ているのだ。だが、まちがっていたときには、わかっているのだろうな」

　隊長の威圧感のある目でにらまれても、ぼくは動揺しなかった。むしろ、どうにか切り抜けてホッとしていた。

　もちろん、今言った話はすべて嘘だ。

魔鉱が特定の周波数を発しているというのは事実だが、それ以外の部分、とくにこのレーダー機能については完全にでっち上げだ。それっぽい外見にみせかけただけの、ただのフェイクだ。これくらいのものなら、ぼくなら小一時間もあれば用意することができる。

ぼくが装っているのは、独自の理論でリバイバルの探索機を作った人間だった。ライオネルは知り合いで、機械の試用に協力してもらっていたという設定だ。

つまり、ぼくは嘘に嘘を重ねて、狩人たちをここに呼び出していた。敵は飛行型のリバイバルである可能性が高いという嘘までついて、屋上に待機させている。

考えた案のなかでは、おそらくこれがもっとも現実的な手段だった。

「キア。おまえの生涯の頼みだというから聞いているが……」

「だいじょうぶ、この機械はまちがいないよ。絶対に手の付けられないリバイバルが出るから、ライオネルも気合いを入れて」

小声でやりとりしながら、オオカミ少年の訓話の逆だな、とぼくは思った。

いずれにせよ、この嘘に罪悪感はなかった。すべては真実になるはずだからだ。

時計を確認すると、例の時間だった。

「もう、すぐに来るはずです！」

ぼくは警告して、壁のほうを指した。

地面が揺れて、例のごとく、やつが壁の向こうにあらわれた。

「ほんとうだ！　ほんとうに、リバイバルが……！」

「ばかな。あんなサイズ、ありえないぞ！」

恐怖する狩人たちとは裏腹に、ぼくはマスクのなかで笑みを浮かべていた。

このタイミングで希望を抱いているのは、はじめてのことだった。隊員の数は依然としてこころもとないが、装備は以前よりもグレードアップしていた。そのうえ、遠距離から敵を叩ける位置だし、気の抜けた空気感というわけでもない。

万全のコンディションだ。

きっと、やれるはずだ。

驚愕《きょうがく》に目を見開いていた隊長が、思い出したように声を張り上げた。

「うろたえるな！　全体、撃《て》ェ――――ッ！」

その声を合図に、リバイバルのコアに向けて一斉に銃撃が開始された。

すさまじい轟音《ごうおん》が鳴り、硝煙が広がる。

はじめて、やつに攻撃が成功した。

これなら効くはずだと思ったが、その直後――ぼくは、愕然《がくぜん》とした。

「う、うそだ……」

結果は、まったくの無傷だった。

リバイバルの腕が、核《コア》の部分を守っていた。自分の心臓部を理解して、敵からの攻撃を察知して防いだのだ。

「射撃を止めるな！　核を狙い続けるのだ！」

隊長がめげずに命令するが、はやくもその場を逃げだす隊員も多かった。続く攻撃も、すべてリバイバルは問題なく防いで、それどころか進攻してくる。

リバイバルは、屋上にいるぼくたちを照準した。

すぐ間近で、赤い単眼に見下ろされる。そして、やつは巨大な掌《てのひら》でぼくたちをぺしゃりと潰した。

ショックのあまり、ぼくは一瞬、腕時計のことを忘れてしまっていた。

ぺしゃんこになった肉体で地に伏せて、さらにそのうえで追い打ちを食らおうというときにようやく思い出して、ぎりぎりで時計に触れることができた。

工房に戻ったあとも、ぼくはしばらくなにも考えることができなかった。

ぼくが採った手段は、考えられるかぎり最高だったはずだ。

全員を騙《だま》して、現在リンネ市にある最高の人材と、最高の装備を用意した。

寄宿舎の武器庫には、戦争時の遺産である携行式ロケットランチャーがあって、それを担いでいる狩人までいたのだ。

にもかかわらず、あの結果だ。

無傷だなんて……。

「なにかのまちがいだ。そうに違いない……」

ぼくはふらふらと起き上がると、作業机に向かった。

作るのは、前回と同じ偽のレーダーだ。倉庫から必要な量の魔鉱を持ってきて、炉に入れて、鎚《つち》で叩き、かたちを作っていく。

手癖のように作業を進めるさなか、いつものようにライオネルがあらわれる。

「よお、キア。朝から精が出るな……って、おまえ、どうかしたのか？」

ぼくのぎょろりとした目をみたからか、ライオネルは顔をゆがませた。

「なんでもないよ。そんなことより、頼みがあるんだ、ライオネル」

さっきのは、きっとなにかのまちがいだった。

それを証明するために、ぼくはもういちどだけやり直すことにした。


結論からいうと、ぼくはなんどもくだらない偽のレーダーを作るハメになった。

同じ状況を作り出して、狩人たちを出動させても、結果は変わらなかった。

ぼくたちはあっけなく討たれる。狩人たちは死に、ぼくも死ぬ。

装備が悪い、舞台が悪い、人員が悪い――。

正直、問題点はいくらでも挙げられたが、状況を改善することはできなかった。ループを何周しようとも狩人たちの武器の質は上がらないし、用意できる場所は西の壁近くの建物の屋上が限界だ。

そして彼らには、緊張感が宿らない。なにせ、あの怪物を目にするのははじめてのことで、街が壊れるところをみるのも、自身が殺されることもはじめてだからだ。

あの惨劇を覚えているのは、毎回毎回、ぼくしかいないからだ。

十回目の試行のとき、ぼくは思わず、こう叫んでしまった。

「いいですか、こんどこそ本気でやってくださいよ、本気で！　ちゃんとした覚悟を持たないで挑むから、なんどやっても意味がないんだ！」

「なんだ、きさま。なんの話をしている」

「毎回あっけなく殺されて、狩人として恥ずかしくないんですか。今回こそ、ほんとうにお願いします。かかっているのは、街のみんなの命なんですよ！」

ぼくの激昂《げきこう》は、まったく伝わらなかった。

結局その回は、狩人たちにただの奇人とみなされてしまい、協力してもらえなくなってしまった。隊員たちが撤収して、ひとり残されたあとで、やつがあらわれた。振り向いたぼくを、建物ごと平然と轢《ひ》き潰して、そのループは終わった。

ほかの方法も、ぼくは思いつくかぎり試した。

住民全体への避難勧告。これは、すぐに不可能だということがわかった。そもそも半信半疑の隊長に言っても無駄だったし、かりに彼が信じたとしても、権限がなかった。ありえるとしたら市長だったが、ぼくには出会うことすらできなかった。

あるいは、狩人の寄宿舎以外で、この街に現存する武器を集めるというのも考えたが、こちらは避難勧告以上に現実的ではなかった。

だから、ぼくにできたのは、同じ結末を繰り返しこの目でみることだけだった。


――あのひとたちでは、無理だ。

その結論を出たのは、十何回もループを繰り返したあとだった。

もし、わずかでも敵に傷を与えられていたら、考えは違ったのかもしれない。ちょっとでもいい勝負に思える戦闘があれば、ぼくはきっと試行を重ねただろう。

だが、攻撃が成功したケースはなかった。

無傷。

完全なる、無意味。

もうこれ以上、硝煙の向こうに広がる、傷のないあいつの姿をみるのは嫌だった。

そう感じてしまったから、すっかり慣れた偽物のレーダーを用意する手が、あるときぴたりと止まった。

ほんとうに頼れるのはだれだろう、とぼくは考えた。

あの不遜な態度の隊長だろうか。それとも、いざ戦いがはじまると一目散に逃げ出していく、素顔も知らない隊員の狩人たちだろうか。

……いや、きっと違うはずだ。

「よお、キア。おれの武器のために、朝から精が出るな」

いつもの時間に、ライオネルがやってくる。

「……ライオネル。ひとつ、頼みがあるんだ」

ぼくも、いつものようにそう言った。

が、そのあとに続けた言葉は、それまでとは違った。

夕暮れの街を、ぼくたちは見下ろしていた。

「いい場所だ。それに、おまえと高いところにいると、なんだかなつかしい。覚えているか、キア。がきのころ、よく東の高台に忍びこみにいっただろ」

寝っ転がり、新しい武器の刀身に指で触れながら、ライオネルはそう言った。

「……覚えているよ。エルザが、おとなたちの作ったルールを破っちゃいけないって怒っていたね」

そこは戦争時代に作られた見張り台で、立ち入り禁止の場所だった。

ほかの多くのこどもたちがそうであるように、ぼくたちも禁止という言葉が好きだった。もちろん、おもに破るという意味で。

「ありゃ、たんに自分も仲間に入れてもらいたかっただけだ。……いや、それも違うか。おれがおまえを独占していたから、焼いていたんだろう」

「そんなことないよ」

「いーや、あっているね。だからこそ、げんに今、おまえたちはそうなっている」

「ライオネル。いまのきみこそ、べつに怒ってはいないんだね」

昔話は嫌いじゃないけど、そんなことを話している場合ではなくて、ぼくは無理やり話題を変えた。

「怒る？　どうしてだ。きょうという一日を、おまえに丸ごとくれてやったからか？」

「うん、まあ」

「べつにかまいやしない。もともと、市長の護衛任務にかんしては迷ってはいたんだ。ほかに用があるなら気軽に蹴れるさ」

よっと、と言ってライオネルは起き上がった。リンネ市の工場が作るガス雲を一望してから、最後にぼくに流し目をよこした。

「それで？　いいかげん話してくれてもいいんじゃないか。おまえがおれに無理を言うのはめずらしい。というより、ほとんどはじめてのことだ。正直をいうと、その真相が気になるから、市長よりもおまえを選んだといっていいくらいだ」

ぼくは得心した。好奇心の旺盛なライオネルらしい動機だった。こいつは秘密が好きで、秘密を知るのはもっと好きだった。

だからこそ、ぼくは心中に芽生える罪悪感を無視できなかった。

「さあ、話せよ。それとも、言い当ててやろうか」

「……わかるはずがないよ」

「どうだろうな、自信はあるぜ――おまえ、ようやくリンネ市を出ていく決心がついたんだろ。ケアノス市に行くことにしたんじゃないのか」

当てられるはずがないとは思っていたが、それにしてもあまりにも的のはずれた意見に、ぼくは眉を吊《つ》り上げてしまった。

「そういうことなら協力するぜ。金のことでも、おれにできることなら工面してやる。それとも、エルザにどう話すかってことのほうが重要か。それだったら、あまり自信はないがな。女を泣かさずに説得するのはむずかしい」

「ちがうよ、そういうことじゃない。最近のきみはその話ばかりだな」

「そうだったか？　いや、かなりひさしぶりに話したはずだが」

そうだった。ぼくが話したのは、すべて以前のライオネルだ。

「キア、覚えているか。おまえ、じいさんに職人の技を叩きこまれて、あんなに大変そうだったのに、すぐにめきめき腕を上げていたよな。あれは、おれとしちゃ複雑な気持ちだった」

「そうだったの？」

「そりゃそうだ。手に職をつける、それも専門知識を身につけるっつーのは、おれからしたら羨ましいもんだった。まあ、魔鉱の職人なんて、おれには土台無理な話だったがな。いちど図書館で調べてみたことがあったが、設計図がどうだの、魔鉱の種類がどうだの、ちんぷんかんぷんだった」

　初耳だった。こどものころから、ライオネルは変わらない。ぼくよりも背が高くて、キザで、自由なこどもだった。逆こそありえど、ライオネルのほうがぼくを羨んでいたなどというのは、ぼくには想像しがたい話だった。

「そんなおまえが、ある日でっかい本を高台に持ってきてよ。海の向こうのケアノス市には、職人たちの集う大学があるらしいって、目をキラキラさせて教えてきやがる。おれは、ああ、こいつはそのうち、広い世界に旅立って、まーおれにはわからねえ魔鉱のお勉強をしにいくんだろうと、ガキながらにさびしく思ったわけだが……それがどうだ？　待てど暮らせど、いつまで経《た》っても出ていきやしねえ」

　ぐい、と弱い力でライオネルはぼくの襟首を引っ張った。

「だがまあ、今になってようやく決心がついたっていうんなら応援してやる。で、なにに困っている。金銭面か、それともエルザか」

「ひとの話を聞いてくれよ。そういうことじゃないんだ」

ぼくは、時刻を確認した。

それから、壁の向こうの荒野に——やつの出現場所に目をやった。

「あれから、なんども考えてみたけど、やっぱり頼りになるのはきみしかいないと思うんだ。それに、状況のこともある。いくら迎撃する場所が近くても、あの程度の射撃だと根本的に意味がないってことがよくわかった」

「キア？　なんの話をしている」

「〈疾風のライオネル〉。たった数年の狩人生活で名を馳《は》せたきみなら、きっとあいつとの戦いにも光明を見出してくれる……」

ふたたび、運命のときがおとずれた。

四時四十分。地鳴りがして、街のすぐ近くにやつがあらわれた。

もう驚くこともなくなってしまったぼくのかわりに、ライオネルが目を見開いた。

「な、なんだありゃあ……!?」

「ライオネル、無茶だっていうのは承知している。それでも、きみしか頼れないんだ。お願いだ——あいつを倒してくれ！」

ぼくはライオネルに武器を押しつけた。完成させたばかりの双剣と、以前からライオネルの持ち歩いている魔鉱殺しの短銃だ。

これらが巨大リバイバルを倒すのに適した装備ではないことはわかっている。

それでも、部隊を組んで攻撃しても無意味だった以上、ぼくがすがれるのは一流の狩人だけだった。

「まずは、狩人の部隊を出撃させねえと……！」

「無駄だ。ライオネル、無駄なんだよ。信じられないかもしれないけど、ぼくは狩人たちがあいつに殺されるところを、もうなんどもみているんだ。あいつを倒せるとしたら、きみしかいないんだ。わかってくれ！」

相手の両肩を掴んで、ぼくは訴えかけた。

ライオネルがこうも動揺し、混乱する場面をみるのははじめてだった。いつも飄々《ひょうひょう》としているライオネルが、この異常な事態においてはみる影もなかった。

街の悲鳴が、赤い空をつんざいた。

ライオネルは、動きはじめるリバイバルとぼくに、交互に視線をやった。ひと筋の汗が垂れて、それが鋭利な輪郭をつるりと通った直後、彼は目をつむった。

次に目を開いたときには、覚悟の決まった顔をしていた。

「どのみち、だれかがやるしかねえか……」

ライオネルは剣を手元でくるりと回して、持ち直した。

「キア、おまえは下に降りろ。それで、少しでも遠くへ行け」

「そうはいかない。ぼくはここで、きみを見守る」

有無をいわさず、張り手が飛んできた。

みえない速度の掌がぼくの頬をたたき、足元の梯子《はしご》を指した。

「ばかやろう。おれが狩人になったのは、なんのためだと思っている。にどは言わせるなよ、はやく逃げろ。エルザを連れて、はやく」

ライオネルが構えたとき、ぼくはとある違和感に気がついた。

街の損壊が、いつもよりもましだ。手当たり次第に建物を破壊して進んでいたリバイバルが、今回は壁の前で止まっている。

それればかりか、その赤い瞳は、時計台を照準しているようだった。

まるで、狙いがぼくらであるかのようだった。

次の瞬間、足元が揺れた。いや、視界ごと、世界のすべてが揺れた。

リバイバルの伸ばした巨大な腕が、時計台の根元に直撃したようだった。その揺れの反動を利用するかのように、ライオネルが宙に跳んだ。

「**おまえは生きろよ、キア！**」

疾風と謳《うた》われる狩人は、その二つ名に恥じぬ動きをみせた。信じられないことに、

リバイバルの腕そのものに着地すると、滑走するかのように本体へ近づいていく。

その目的は、すぐにわかった。

リバイバルの弱点である核に向けて、とにかく前進しているのだ。どれだけ大きなからだであろうとも、核さえ破壊すれば、リバイバルはその動きを止める。

腕が螺旋《らせん》を描き、その身を半回転させたときも、ライオネルはどうにか食らいついていた。凹凸のある硬い表面を掴んで、ふるい落とされないようにしている。

すさまじい体術だった。とても、人間業《にんげんわざ》とは思えない。

いけるかもしれない。

今にも倒壊しそうな塔のうえで、ぼくは床にへばりつきながら、視線を釘付《くぎづ》けにしていた。

予想外のことが起きたのは、その直後だった。

リバイバルの全身にある、溝や穴。その中身の覗けぬ深淵から、いやな光沢を放つ、鉛色をした物体があらわれた。

その正体が銃身であることに気づいたのは、そいつが火を噴いたあとだった。

リンネ市の空中に、閃光《せんこう》が散った。遅れて音が届いたときには、その弾丸はとっくに対象に直撃して、それればかりか、延長線上にあった時計台に着弾した。

ライオネルの肉体がぼくのところまで帰ってきたのは、果たして偶然だったのだろうか。巨大な銃弾が連れてきたライオネルの一部は、おおよそ上半身と呼べる部分と、まるで枯れ枝のようにくっついている片腕だけだった。

それはもう、すでに骸《むくろ》だったはずだ。

それでも、ライオネルの残った片目が動いて、ぼくの姿を捉えた気がした。あれだけ言っても避難しなかったぼくを叱責するでもなく、その瞳は静かに閉じられた。

それきりだった。

「あ……ああ………」

ぼくは膝をつくと、ライオネルの手を取った。

親友が死んでいた。

もうなにも口にすることはない、ただの肉塊になっていた。

殺したのは――あいつだ。

ぼくは敵の姿を捉えようとしたが、それはかなわなかった。その直後に、とうとう塔が耐えきれなくなって、足場から崩れ落ちていったからだ。

全身に衝撃が襲いかかる。

ぼくのからだもばらばらになる。血と肉が飛び散り、石灰と混じり、ライオネルの肉体と区別がつかないほどの有り様になり、すべてが終わりそうになる。

その前に、ぼくは執念で竜頭《リュウズ》を押した。

硬く冷たいはずの腕時計の感触さえも、そのときの指先は教えてくれなかった。

工房に戻ったあとも、動悸《どうき》が止まらなかった。

滑り落ちるようにベッドを離れると、ぼくは走って工房を出ていった。

朝焼けに白んでいる街を、ぼくは駆け抜けた。一時間か、もう少しか。どこを探してもみつからなかったから、最後にぼくは、ふらふらになりながら戻ってきた。

玄関先に、そいつは困ったような顔をして立っていた。

「キア？　おまえ、こんな朝っぱらからどこに行っていた。それも、鍵もかけずに。

……ん、いや、ひょっとして朝帰りか？　だとしたら、ハハ、やったなおい！」

ばんばん、とライオネルはぼくの背を叩いた。

「仕事をほっぽらかしているようだから説教でもしてやろうと思っていたが、そういうことなら話はべつだ。さあ、なかで話を聞かせろよ」

「ライオネル……」

「ん？　どうしたんだ、あほうのように突っ立って」

「よかった。きちんと戻れて、よかった……」

ぼくは脱力して、その場にへたりこんだ。腕時計に触れさえすれば、すべては元通りになるとはわかっていても、この目で確認しないことには安心できなかった。

ライオネルはこうして生きている。

それなら——と、ぼくはすぐに思い至る。

いつものように、ぼくは頼まなければならない。

もう、十数回も繰り返していることだ。どうやって物を言えばライオネルの説得に成功し、同じシチュエーションを作り出せるのか、ぼくは熟知している。

「ライオネル。じつは、きみに頼みが……」

しかし——。

そう言って、顔を上げたとき。

さきほどの、すっかり色をなくした顔とは違う、血色のいい生者の肌を間近にみて、ぼくの言葉は止まった。止まってしまった。

もうにどと、こいつの死ぬところはみたくなかった。

それだけはごめんだと、ぼくの魂が叫んでいた。

「なんだ。なにか言いかけたか、キア」

「いや、なんでもないよ。……それより、じつはぼく、体調がよくないんだ。なんだか、タチの悪い風邪を引いたみたいで」

「そうなのか？　たしかにあまり元気そうにはみえないが」

「だから、武器の仕上げは間に合わないかもしれない。昼までに完成させるって話だったのに、ごめん」

ライオネルはいかにも残念そうな表情をみせたが、すぐにいつものように不敵な笑みを浮かべた。

「そのしおらしさ、どうやら仮病ではないようだな。わかった、そういうことなら、お楽しみはまた次の機会ってことにしておこう。看病は……親身な女のいるやつには、いらねえか」

狩人の外套《がいとう》を翻《ひるがえ》して、ライオネルは去っていった。

そのうしろ姿に向けて、ぼくは言った。

「ライオネル。市長の護衛任務、しっかりやれよ」

「その話、おまえにしていたか？」

ライオネルは振り向かずに首をかしげると、

「まあ、適当にやるさ。戻ったら、つまらない土産《みやげ》話でもしてやるから待っていろ」

ブーツが石畳を叩いて、遠のいていく。

その音がすっかり届かなくなってから、ぼくはひとりで工房へ戻った。

……ぼくが考えついたことは、これですべて試した。

大人数への協力要請。ぼくが信じる、このリンネ市でもっとも強い狩人の単騎討伐。それでもやつを倒すことはできず、市民を避難させることも叶わなかった。

以前に書き留めたノートは、今や白紙だ。

過去に、ここにものを書いたという事実さえも消えている。

それでも、ぼくはあえてここに記さなかった案が、たったひとつだけあることを覚えている。

たしかに可能性のひとつとして思いついておきながら、それでも書き留めなかった最後の手段があることを。

なぜ記さなかったかといえば、土台不可能だと思っていたからだ。

街の住民全員を避難させることよりも現実味がないと判断していたからだ。


だが、それでも。

それしか、もう道が残されていないというのならば。

「……やるしか、ない」

何ループも前につぶやいたのと同じ言葉が、ぼくの口から漏れた。

しかし、その切実さはちがった。こんどこそほんとうに、それはぼくがやるしかないことだったからだ。

ぼくはペンを握ると、白紙のうえに、とある一文を書き殴った。

『**ぼくが　やつを倒す**』

荒々しくノートを閉じると、ぼくは作業机に向かった。
覚悟を決めなければならなかった。

チョウセンノ日

Chousen no hi

チョウセンノ日

EIEN
HANAHADA
SHII

リバイバル。

変異性魔動鉱物、通称〈魔鉱《フォージ》〉と呼ばれる物質が変異して生まれる怪物。

連中は自律的に駆動して、あたかも意思を持つかのように歩き回る。ほとんどの個体が、人体に似る、あるいは頭部や四肢のいずれかを模しているのが特徴だ。

駆動する理由も、人体に似る理由も、どちらも科学的には判明していない。

それでも、有力な仮説は立っている。

それは、リバイバルは人間の記憶によって作動しているという説だ。

魔鉱は、かならず資源として再利用される。壊れてしまったり、寿命を迎えた魔鉱たちは、とある方法で溶かされて、人間の手によって地に還《かえ》される。

どろどろに液化した魔鉱は、まるで降水のように、乾いた荒野に呑《の》まれて消えていく。そして地中で眠り、周辺の成分・物質と混ざり合って体積を増やし、長い年月をかけて、ふたたび固体化した魔鉱となって採鉱される。

その過程で、もとの姿に戻れなかった魔鉱が、地中から姿をあらわすことがある。

再生者《リバイバル》。

なぜ、彼らは自分の作られたかたちを忘れることができないのか。

ある学者が言うには、それには人間の念がかかわっているという。強い情念をもって人間の手に触れられた魔鉱は、ときおりその影響を受けてしまうのだと。

魔鉱の大半は、工業や芸術、日用品のために加工されているにもかかわらず、出現するリバイバルたちは、そのほとんどが武器を有している。

いったいなぜか。それは、一般製品や産業機械よりも、兵器のほうが、はるかに強く情念が宿るとされているからだ。

大昔は、剣や槍《やり》。

技術が革新してからは、おもに火器。

戦争に使われていた兵器は、それだけ強い情念に曝《さら》されており、だからこそ魔鉱が形状を記憶しやすいのだという仮説だ。

死の直前まで兵士が握っていた魔鉱製の銃。それが果たして兵士の損壊した肉体ごと記憶されたのか、四肢を欠損したかたちで蘇《よみがえ》り、そして仲間たちを探している。

自分たちの同族――人類の手によってその姿を変えられた仲間の魔鉱を求めて、人間たちの住む土地にやってくる。

そして、ひとを殺す。自分を邪魔する者の殺しかたさえも人間たちの記憶から学んだとでもいうかのように、効率的に、躊躇《ちゅうちょ》なく、その武力を振るう。


ぼくは、図書館の隅でページをめくる。

常識として知っている、リバイバルにかんする基本知識をあらためていく。

とくに必要なのは、やつらの身体構造の再認識だ。

リバイバルの肉体、外殻は、固体の魔鉱であるが、その内部は異なる。

まるで細胞液のように、魔鉱が液化した状態でおさまりながら、必要に応じて、血液さながらに内部を循環する。

この液化状態の魔鉱は、みずからの記憶する姿へと自由に変異することができる。

つまり見た目としては、突如として、からだに銃や剣などを生やすことが可能なわけだ。それと同時に、欠損した箇所の修復も自由におこなえる。

そこだけ聞くと無敵のようだが、やつらにも明確な弱点はある。

核《コア》の存在だ。

これも人体を模したのかはわからないが、大半の個体が頭部か胸部に、明確な弱点として核を持つ。それさえ破壊すれば、リバイバルの活動は停止する。

その共通点だけは、対象がどんな大きさでも変わりはない。

伝説的な狩人《かりうど》であるA・バルトロの著作『再生者の破壊法』によれば、むしろ対象が大きな個体であるほどに、的としての核も狙いやすくなるから、ちいさくて俊敏なリバイバルよりも、討伐の難易度は低いとさえいえるという。

ゆえに、討伐ランクとは、安易にサイズで分けられるべきではないという持論まで展開していた。

「……ずいぶんと勝手なことを言うものだ」

ぼくは、つぶやく。

どれだけすごい狩人だったかは知らないけど、しょせんは常識的なサイズのリバイバルしか相手にしてこなかったのだろう。

そう考えると、ぼくはあまり尊敬する気持ちにはなれなかった。


最後に、ぼくは凶悪なリバイバルの出没録を確認した。

たしかに、このリンネ市の記録では、全長十二メートルを超えるようなリバイバルは発見されたことがないらしい。

それ以上のものとなると、ライオネルが言っていたとおり、吟遊詩人の歌に出てくるような伝説にまでさかのぼっている。

それも古いせいで、装備はせいぜい近接武器に留《とど》まっているような個体だ。火器を操るうえで規格外の大きさを持つリバイバルなんて、どこにも載ってはいなかった。

なぜ、今になってそれが出てきたのだろう。

推察はできる。先の大戦による被害は、これまでの比ではなかった。たくさんの魔鉱が消費されて、想像もできないほどにたくさんの血が流れた。

人類史に類をみない惨害の結果、類をみないリバイバルが生まれてしまったということなのかもしれない。

リンネ市を襲ったのは、ここがもっとも魔鉱の多い場所だったからだろう。ひとつの都市における魔鉱の総保有量は、リバイバルの被害を考慮して、つねに制限されなければならないのに、今の市長はその原則を無視していた。

リンネ市は、かっこうの餌食《えじき》となってしまったわけだ。

ぼくは本を閉じると、しばらく行き場のない怒りを感じていた。いつの時代も、だれかの身勝手のせいで、だれかが割りを食う。

いや、そんな程度の話じゃない。

街全体が犠牲になるのだ。

それも、もっとも凄惨《せいさん》なかたちで。

肝心なのは、敵の個体分析だ。

これまで幾度となく間近でみてきたから、ぼくはすらすらと、やつのスケッチを描くことができる。

全長は、約百メートル。核のある頭部はずっと下にあり、地上からはおよそ三十〜四十メートルの位置だ。

それでは、なにがやつの全長を伸ばしているかというと――。

腕、だ。

城砦《じょうさい》のような装甲を持ち、異様な長さを誇る一本の腕。露出した脊髄《せきずい》を想起させる巨大な支柱を基に、その腕は自由に駆動して標的に向く。

先端には、人間と同じように掌《てのひら》を持っている。その指先を筆頭に、全身から銃口を出現させる。また、その腕自体がかなりの長さで伸縮する仕組みだ。

やつの知性は――ぼくは考える――知性は、どうなのだろう。

リバイバルには、一般に知性はないと考えられている。人間の記憶の残滓《ざんし》をもとに行動する、ただの反射のかたまりだといわれている。

魔鉱をみずからのなかに取り込みたいという欲求だけで動く、いわば機械のようなものだ。

ぼくは思い出す。

ライオネルに単身討伐を頼んだとき、あのリバイバルは、遠くに位置するぼくたちを照準していた。あの赤いモノアイは、たしかにぼくたちを捉《とら》えていた。

あれは知性による動きではないはずだ。自分を狩ろうとする人間を先に始末しようとしたというわけではないだろう。

ならば、その理由はきっと……。

「……と、もう時間か」

ぼくは腕時計を確認して立ち上がる。

リンネ市の市立図書館の隅に、やつの姿をスケッチしたノートを置いていく。律儀に持っていく意味がないからだ。

最後にふと思いついて、ぼくはふたたびペンのキャップを取った。

やつのスケッチのとなりに、こう言葉を書き入れる。

『巨人《ギガント》』

どんな相手であろうとも、名称は必要だ。

ことに、付き合いが長くなるかもしれないときには。

四時四十分、ぼくは時計塔に立っている。

いつものように巨人が姿をあらわす。

ぼくはやつの動向を観察しながら、双剣を強く握りしめた。

ライオネルのために作った、ぼくの手製の武器だ。余すことなく百パーセントの魔鉱製《フォージメイド》……つまり、この周辺ではもっとも純度の高い魔鉱ということになる。

リバイバルは、魔鉱を取りこむことを目的とする無機的な生命だ。

あのとき巨人が真っ先にぼくたちを狙いにきたのは、おそらく、ぼくの手元にある質のいい魔鉱を求めてのことだったはずだ。

その証拠に、やつは今回も、いちばんはじめにぼくを照準した。伸縮性の腕をいちど振るい、大きく反動をつけて、時計塔に手を伸ばしてきた。

仮説のひとつは、これで立証された。

それでいて、たしかめたいことはそれだけではなかった。

「……っ、ここ、か！」

タイミングを見計らうと、震える足を制御して、ぼくは跳んだ。

時計塔の下、宙に向けて。ちょうどライオネルがそうしていたように、ぼくもまた巨人に食らいつくべく、腕への着地をこころみる。

その表面に足が接触したとき、うまくいったと思った。が、それは気のせいだった。すさまじい揺れに対応できず、ぼくはあっけなく滑落した。

落下のさなか、ぼくは腕時計に触れて、竜頭《リュウズ》を連打した。

地面が近づいてくる。

そして、衝突――。

ほぼ同時に、ぼくは起き上がった。

いつもの場所、ベッドのうえだ。

生還に成功して、ぼくは安堵《あんど》の息をついた。

とりあえずふたつ、確認できたことがあった。

じゅうぶんな質の魔鉱を携えている場合、巨人は真っ先にぼくを狙うこと。

そしてもうひとつは、時計が発動するタイミングだ。

今さっき、ぼくはおそらく、落下する前に時を戻ることができた。いまだに詳しい条件はわからないが、実際に瀕死《ひんし》のダメージを負う前であろうとも、時計は反応してくれるらしい。

ぼくは、死ぬわけにはいかない。ぼくが即死してしまえば、リンネ市はそれまでだ。

このさきも、失敗したときにも時間だけはかならず戻さなければならない。

心臓が早鐘《はやがね》を打っている。

恐怖のせいだった。何回経験しても、死ぬ寸前の感覚は慣れなかった。巨人の顔も、あのぶきみな唸《うな》り声も、なにひとつ慣れることがない。

だが、そんなことを言っている場合じゃなかった。

次に取り組むべき課題は、わかりきっている。

慣れることだ。

なんであれ、はじめのうちはこわいものだ。はじめて高温の炉に魔鉱を入れようとしたとき、おっかなくて腰を抜かしたぼくをみて、じいちゃんは笑っていた。

なにも感じずに火にくべられるようになったのがいつのことだったのか、ぼくはもう覚えていない。

だが少なくとも、なんども繰り返したすえのことなのはまちがいなかった。

昼、ぼくは工房の屋根にいた。

言葉のとおり、屋根のうえだ。

となりの画材屋と、そのとなりの民家の屋根が、視界の向こうに続いている。

「なんだ、あいつは。なにをしているんだ」

行き交うひとびとがぼくを見上げてそう言ったが、ぼくは気にしなかった。双剣を手にしたまま、助走をつけて、まずはとなりの屋根に飛び移った。

距離にしてせいぜい二～三メートルか。これくらいなら、ぼくにだって余裕だ。問題は、その次だ。五メートルくらいは離れている。

息をはいてから、ぼくは思いきり跳んだ。飛距離が足りなかったか――そう思ったが、ぎりぎりで屋根の端に靴裏が届いた。溝の部分を掴《つか》んで、なんとか這《は》いあがる。

「あ、危なかった……」

足元から届く野次を無視して、ぼくはまた次の屋根を目指した。

ぼくがやっているのは、訓練だった。

現状、自分がどれくらい動けるのかの確認をおこなうと同時に、宙に向かって躊躇なく跳べるようになるための特訓だ。

自分を鍛えると考えたときに、とある事実に気づいて、ぼくは頭を抱えた。

ぼくには時間はあるが、肉体を強くすることはできない。かりに筋力をつけようとトレーニングしても、ぼくのからだは、次の日にはもとに戻っている。

ならば、ぼくにできることはないのだろうか？

ぼくは、そうは考えない。今のように跳ぼうと思ったとき、恐怖心を捨てて肉体を動かすことができれば、本来のスペック以上に動けるようになるはずだからだ。

もともと小柄だから、俊敏さには自信がある。あのライオネルとだって、こどものころは対等にかけっこができていたくらいだ。

まずは、イメージどおりにからだを動かす。そして自分の肉体の限界を熟知して、限界を知るがゆえにスムーズに動かす。

それが、ぼくの目的だった。

だから当然、実力を見誤ってしまう。

「あっ」

目測五メートル以上ある幅を、ぼくは越えることができなかった。七メートルほど落下して、石畳に全身を打ちつける。

血が出た。鼻血と擦り傷だ。背中がものすごく痛んで、ぼくは唸り声を上げた。

「きみ、だいじょうぶか！」

「だいじょうぶです。おきになさらず」

周囲に集まってきたひとたちに頭を下げて、むりやり追い払う。病院も医者も、ぼくには必要なかった。時計さえ無事なら、それでいい。

捻挫《ねんざ》した足を引きずりながら、どうにかこうにか時計塔に向かった。

そして四時四十分に、ぼくはふたたび落下した。


高所そのものには、思いのほかすぐに慣れた。宙に向かって跳ぶことも、そのうちに躊躇がなくなった。

屋根の練習がいらなくなったのも、すぐのことだった。

自分の限界にかんしては、よくわかった。

双剣を持っているときは、どうやら五メートルほどのジャンプが限界のようだ。手ぶらならもう少しいけたが、どうあれこの数字を基準に考えたほうがいいだろう。

どうしても慣れないのは、本番だった。

巨人の腕に飛び乗るという、無謀な行為。

ぼくが一定の位置——時計塔のうえで待ち構えていると、巨人は決まって、腕による直接攻撃をおこなう。そのせいで、塔がすぐさま崩れてしまうことはない。ふたたび大きな衝撃を受けたときに、根本から折れるようにして倒壊するのが決まりだ。

腕が塔に接触したタイミングが、ぼくが接近するチャンスだ。

脳裏に焼きついているライオネルの動きをトレースするように、ぼくは取りつこうと努力してみる。あのとき、ライオネルは装甲のひずみや凹凸に器用に手をかけて、振り落とされないようにしながら、どうにかこうにか核の方向に向かっていた。

すべてが初見だったにもかかわらず、瞬時にあの判断ができたのだ。

天才狩人のライオネルと、ひきこもり気味の時計職人のぼく。両者の差を縮めるには、なんども挑戦するしかない。

跳び移っても滑り、うまく取りついても振り落とされ、走りだしても転ぶ。

実践だけではない。剣の振りかたも練習して、硬い魔鉱をきちんと斬れるように、我流であろうとも太刀《たち》の振りかたを習得する。

そうした繰り返しの合間に、ぼくは並行してべつの作業も進めていた。

工房に戻ると、ぼくはまず決まって伝言を書く。

体調を崩してしまい、双剣の完成が間に合わなかったという旨のメモ書きで、かならず六時に訪れるライオネルのために玄関に貼っておくものだ。

それから、ぼくはほぼ完成している双剣に最後の仕上げを施す。両刃の魔鉱はこのうえなく鋭利に光り、いつでもリバイバルを斬れる立派な武器となる。

そうすると、夕方の四時に時計塔に向かうまで、十時間以上の猶予が生まれることになる。

屋根の練習を切り上げてからは、ぼくはこの時間を研究行為に充てていた。


工房の奥にある、倉庫の床下。

そこにある隠し階段を、ぼくは下っていく。蜘蛛《くも》の巣の張った薄暗い地下室には、もう何十年も使われていない鍛冶《かじ》用具などが積まれ、埃《ほこり》にまみれていた。

ぼくの目当てのものは、さらにこの壁の向こうに隠されている。

ここの石壁には職人らしい細工がしてあって、特定の手順を踏むと開閉できるようになっている。巧妙に隠された扉というわけだ。

マスクのおかげで咳《せき》をせずに、ぼくは埃《ほこり》の舞う小部屋に入ることができた。

そこにある、大量の古い紙束を手に取る。

インクがかなり薄れているが、ぎりぎり読めないこともない。ぼくは座りこむと、懐中電灯で手元を照らしながら、文書の解読にいそしんだ。


巨人の倒しかたを、ぼくはなにも双剣に限るつもりはなかった。

たしかに、どうにかしてあの太刀を核に当てることができればとは思っていたが、その難易度が常軌を逸していることは承知済みだった。

もっとも現実的な手段は——こちらも兵器を用意することだ。

それも、ただの一般兵士用の携行武器ではない。

砦を攻略したり、敵対都市に攻め入るときに使われていたような、巨大な兵器が用意できれば、おおいに勝ち目はある。

問題は、その製作方法だ。そうした兵器の製作技術は、一般には知られていない。

それは、法制的な理由のためだった。

リバイバルは、おもに寿命を迎えた兵器から蘇るものだ。大戦後のリバイバルの急増を抑えるために、各都市のあいだでは、一定以上の規模を持つ兵器の製作を禁止とする、一種の平和条約が批准されていた。

そういった事情で、大砲やレーザー弾のような大型兵器の製作法は、一般人が簡単にアクセスできるようなものではなくなっていたのだった。

では、果たしてどのように兵器開発の知識を得るか。

偶然にも、ぼくはその手段を知っていた。

戦争の時代は、リンネ市は各ギルドに兵隊たちの使う武器を製作させていた。そして終結するや否や、こんどは武器製作の指南書《レシピ》を提供するように命じた。

ずいぶんと勝手なふるまいだが、平和のためにはしかたのないことだった。

各ギルドはその要請に従い、資料を市立大学の研究書エリアへとおさめた。

だがそれでいて、無条件に命令に従ったわけでもなかった。

指南書《レシピ》というのは、各ギルドにとっては、秘蔵の製作ノートのようなものだ。

たとえ武器であっても、そこに機構が存在するということは、製造に独創性が宿り、ひいては設計者の芸術的な素養があらわれる。

自分たちの知識と努力の結晶といえるものを、黙って市に差し出すというのは、多くの職人たちが拒んだのだそうだ。

だからこそ、一部の製作ノートにかんしては、提出せずに秘蔵したのだという。あるいはコピーを作り、原本は自分たちのところに隠したそうだ。

なぜぼくがそんなことを知っているのかというと、ほかならぬうちの工房も、戦争時にはそうした兵器製作を担っていたからだ。

なんなら、武器の製作庫が前身で、戦後になってからはじめて時計工房の看板を掲げたという順番のほうが正しいくらいだという。


以上は、すべてじいちゃんから直接聞いた話だ。

そして今、ぼくが触れている紙束が、まさしく過去に秘匿した制作ノートだった。地下室の奥に隠しておいた、たいせつな知恵の集積だ。

じいちゃんのじいちゃんが走り書きしたと思われる文章と、非常に精緻なスケッチを指でなぞってみると、ぼくは懐かしい気持ちになった。

はじめにこの秘密の蔵の存在を教えられたときも、ぼくはこの紙束に触れた。そのときは、ぼくはたいした感慨は抱かなかった。

だが、今はまったく受け取り方が異なっていた。

ぼくは考える。

初代の工房長は――この腕時計を作った至高の職人は、嬉々《きき》として兵器作りをおこなっていたのだろうか？

ぼくには、そうは思えない。武器作りは当時の政府に強制されていただけで、本人にとってはあまり喜ばしいことではなかったはずだ。

それでいて、彼の武器製作の仕事に矜持《きょうじ》がなかったとも思えないのだ。なにを作るであれ、自分が腕を揮う以上は、それを最高のものにするという崇高な意志が、ここのノートからはみて取れた。

丹念な書きこみの山が、彼が底知れない知識欲と独創性の持ち主であり、かりに兵器開発という行為でも、じゅうぶんにその才能を披露することが可能だったという事実を教えてくれていた。

かつてと違い、今のぼくが興奮を隠せなかったのは、その性質が自分と似ていると感じたからだった。

じいちゃんに内緒で、ライオネルのために武器を作りはじめたとき、ぼくは形容しがたい高揚感を覚えていた。

武器の制作が、ぼくに新鮮な作品観をもたらしてくれたからだ。

以前ライオネルに作った槍や、今回の双剣では、素人《しろうと》には遊びとみなされるだろう流線形のデザインに、機能的な意味を持たせられるという学びを得た。

それ以上に勉強になったのは、ライオネルのために修理を請けて、ついでに外装ごと特別に作り替えた、狩人協会御用達の短銃のほうだ。

あの鋳造《ちゅうぞう》の過程、魔鉱の特性を活かしきった加工の技術、数式にも似た機構の整然とした成り立ちなどは、ぼくにはかなり魅力的な勉強だった。

機能の集合体という意味では、時計も銃も同じものなのかもしれない――。

そう思うばかりか、武器を作る経験を経てからのほうが、ぼくの手がける時計のデザインは幅が広がったと自覚している。実際、客の評判が上々になったのも、じいちゃんがぼくの作品を認めてくれるようになったのも、それ以降のことだった。

なんにせよ、肝心なのは必要な技術の習得だ。

巨人《ギガント》を破壊する。

それ以外に、今のぼくに目的はない。

百年近くも前のノートだから、当然、まったく最新式の技術とはいえない。それでも、大砲の雛形《ひながた》であることに変わりはないはずだ。

ここの文書には、いくつもの兵器の製造方法が載っている。

そればかりか、部品ごとの設計図にはじまり、必要な魔鉱の種類と融点、変質の方法まで網羅されている。

どう考えても、これを使わない手はなかった。

すべてを吟味して、現代のぼくの知識と組み合わせていけば、半日でかたちになる武器を用意することは、きっと可能だ。

いや、無理にでも可能にするしかない。

職人の血が自然とうずいて、ぼくは前のめりになってノートの読みこみを続けた。

魔鉱錬成の最大の強みは、手作業による完成までのはやさだといえる。

魔鉱の鋳造作業では、かならずしも鋳型《いがた》を用いる必要はない。

むしろ、魔鉱は加工の過程で人間の手が触れる時間が長いほうが、その寿命を増すことが研究で判明しているから、よほど大規模な製作をしないかぎりは、職人による手作業が推奨されている。

そして魔鉱とは、特別に加工性が高い鉱物だ。魔鉱は適切な温度で溶かした際に、他の鉱物にはみられないほどに軟質化するという特質があるからだ。

溶解して冷却したばかりの魔鉱は、容易に切削と成形が可能となる。そして時間が経《た》つにつれ、密度と硬度が増していき、最終的には極めて頑丈な物質となるのだ。

ただし、容易さとは、簡単さを意味しない。むしろ時間との厳密な勝負となり、ひたすらに集中力が必要な、細かくて難しい作業を求めてくる。

そうした冶金《やきん》の難易度はさることながら、魔鉱にはべつに厄介な特徴がある。

それは、魔鉱の持つ個体差だ。ひとことで魔鉱といっても、その多岐にわたる結晶系を代表として、個々には大きな違いがあるのだ。

もっとも頭を悩ませてくるのは、融点の違いだ。融点とは、職人の世界では、鉱物が融ける温度を指す言葉ではない。その魔鉱を万全なかたちで取り扱うのに最適な温度のことを指すのだ。そういった部分は、教本どおりにはいかないナマの技術だ。

職人がこれまでにその手で触り、その目でみてきた魔鉱の数がものを言うのだ。

ぼくも自分の経験を信じて、兵器の開発に取りかからなければならない。

製作ノートをめくりながら、ぼくはつぶやいた。

「……だいじなのは、きっと純粋な火力だ」

ぼくが採用したのは、固定式の砲台だった。

火管で発火させるのではなく、ゼンマイ駆動で、手回しで撃鉄にちからを溜《た》めていき、特別な爆発力で砲丸を射出する設計だ。

連射の機能こそないが、あらかじめ敵の出現位置がわかっていれば、無類の威力を発揮する。敵軍の迎撃に適したタイプの遠距離兵器だ。

巨人を倒すには、これがうってつけの武器であるように思えた。

準備にはどれほどの時間を要するだろう。

必要な部品は、どれだけ簡略化しようとも、最低で二百あまりにはなりそうだった。

魔鉱の量も、工房の倉庫をひっくり返して、ようやく足りるかどうかといったところだ。

ぼくは、錬成のはやさには相当の自信がある。

たぶん、リンネ市のなかに限ったら、ぼくの右に出る者はいないだろう。

それでも……たった半日だ。

目を瞑《つぶ》っていても作れるくらいに慣れたとしても、ぎりぎり間に合わないかもしれない。だが、挑戦しないという選択肢はなかった。

「……慣れ、か」

結局、求められているものは同じことのようだった。


ぼくは、日々を繰り返す。

同じ暦の指す日を、幾度となく繰り返す。

ただし、その中身は、少しずつ違っている。

日中は、ずっと工房にこもり、ひたすらに兵器の部品作りにいそしんだ。番号をつけたパーツの設計図を、ほとんど暗記するまで覚えこみ、魔鉱を炉にくべる。

最適な波形を持つ魔鉱を用意することはできないから、すでにある材料を使うしかない。先人の遺したデータを基に類推して、試行錯誤して正しい融点を探り出す。メモを取っても意味がないから、新たに発見したことは、すべて逐一覚えていく。

そこまでの準備がうまくいったら、ひたすらにかなづちを振ることになる。

はじめのうちは、一回のループにつき、せいぜいふたつかみっつの部品を用意するのが限界だった。

兵器を造るのは、時計作りとはわけが違うが、それでも苦ではなかった。

ぼくにとって、鍛冶とは天職だ。むずかしいパズルを解くような設計も、この手で叩いて完成に導く工程も、どれも好きだった。

だから、武器の作製はつらくなかった。

反面、いつまでも好きになれないのは、巨人との対峙《たいじ》だった。

夕方になると、ぼくは作業を中断して、街に出る。

四時四十分。

決まった時間にあらわれる巨人に、ぼくは毎日のように抵抗した。

高所から落ちる感覚も、振り回されて宙に投げ出される感覚も、いつまでも慣れることはなかった。

ぼくは兵器を用意しようとしている。だから、こんな近接戦闘用の武器を持って立ち向かわなくてもいいんじゃないかと思うことがある。

砲弾で倒すことになるなら、これは徒労のたぐいだ。

だが、そう理性で考えてはいても、ぼくの足は自然と時計塔へ向かっていた。

これまでと違うことをして、もしも時間を戻せなくなったら困るというのが最大の理由だったが、それだけというわけでもなかった。

あのとき、ライオネルはみずからの危険を顧みずに颯爽《さっそう》と飛び出していった。あいつの覚悟。その立ち向かう姿勢を忘れないために、ぼくは死地に向かっていた。

その日も、ぼくは巨人の腕から落下した。

その次の日も落下する。

その次も、その次の日も。

いつかの日は飛び出すタイミングを誤って潰された。ようやくうまく腕に着地できたと思った瞬間には、表面を滑って、出っ張った装甲に全身を打ちつけた。

時間を逆行するとき、ぼくの肉体はいつも火床《ほど》のように燃えている。

その滾《たぎ》りが、死を前にした人間にはかならずおとずれるものなのか、それとも時空を超えるときの感覚なのか、ぼくにはそれさえも判然としなかった。

いずれにしても、慣れなければならないと思う。

ぼくは、死ぬことに慣れなければならない。

少なくとも、しばらくのあいだは。

この身が朽ちていないかぎりは。

進展があったのは、兵器の研究をはじめて数十回目のループのことだった。

時計塔のうえで、ぼくはひたすら設計の図面を起こしていた。最終的には、ぼくは設計図を参考にせずに、この手ですべての加工作業を終えなければならない。そのときにものを考えている暇はないから、一から百までを頭に叩きこむ必要があった。

四時四十分になると、ぼくは立ち上がった。

巨人が姿をあらわす。

伸縮する腕が時計塔に激突する。そのタイミングで、ぼくは跳んだ。

うまく着地できたと思った、その次の瞬間には、ぼくの足は自然に駆けだしていた。成功した、と喜んでいる余裕はなかった。

次のステップに進めたなら、もっと先まで突き進まなければ。

急斜面を滑りながら、ぼくは巨人の本体へと近づいていく。やつの腕にある装甲の凹凸が、まるで行く手を阻む障害物かのように目の前に差し迫る。

ぼくは反射的に腕を振りかぶると、双剣の両方を前面に叩きつけた。

斬ることに成功したと気づいたのは、自分が激突しないで済んだからだった。ぼくの作った自慢の武器は、巨人の表皮に問題なくダメージを与えていた。

素人が振ってこれだ。攻撃力はじゅうぶん——つまり、核にさえ接触できれば、こいつは殺せる。いくらこいつが巨大だろうとも関係ない。

だが、さすがにまぬけなぼくのことだ。

斬れた喜びに振り向いてしまったから、すぐさま迫っていた次の障壁に気づくのが遅れてしまった。バギョリ、と嫌な音がして、ぼくの全身が衝撃に吹き飛んだ。

このときは、かなり危なかった。

意識をうしなう寸前に、ぼくはどうにか腕時計に手を伸ばした。

時間が、リセットされる。


ベッドに戻ったとき、ぼくは恐怖とは違う感情を覚えていた。

手が震えている。はじめての手ごたえに、全身が歓《よろこ》んでいるのだった。

しばらく、ぼくは自分の両手を見下ろしていた。

「……いや、ぼーっとしている場合じゃない」

まだ、ほんの少し成長しただけだ。慢心は禁物だ。

そこで、ぼくはふとこう考えた。ぼくは、巨人の攻略をはじめてから、果たして何度目のチャレンジでようやく進歩したのだろう。

そう考えてはじめて、ぼくは意外な事実に気がついた。

自分が今、なんどめのループなのか、わからなかった。

はじめのことは覚えている。ライオネルに頼んで、狩人の部隊を出動させてもらっていたときだ。あれは、たしか合計で十六回試したはずだ。

そのあとで、ライオネルだけに討伐を頼んだ。それは、たったの一回。

つまり自分でやると決めたのは十七回目……いや、そもそもループしているという事実を把握するのにも、三回か四回は繰り返すことになったはずだ。

屋根のうえで練習をはじめたのと、兵器を造ることに決めたのは、たしか……。

「……だめだ、まったく思い出せない」

たぶん、百回はいっていないくらいだとは思うけど。

メモを取ろうにも、すぐに白紙に戻ることはわかっている。どうにか簡単に記録しておく手段があればいいのに……そう考えて周囲を見渡して、ふと思いついた。

ぼくは机のうえの釘《くぎ》を手に取った。以前、家具を直したときにあまった、ただの釘だ。ペンよりも確実に、身に染みて刻めるものだ。

その先端を、手の甲に突きつける。

便宜的に、今回を百回目としようか。いや、どうせ回数が曖昧《あいまい》なら、仕切り直したほうがいい。

今回、ぼくは、はじめてやっとまともに戦うことができた。

やっぱり負けてしまったけど、少なくとも一方的に屠《ほふ》られたわけではなかった。

この一歩を、はじまりということにしよう。

1

そうみずからのからだに刻んでから、ぼくは部屋を出ていった。

ひと筋の血がしたたり、床に零《こぼ》れ落ちた。

＊

2、3、4と、すぐに数字が書き換わっていく。
そのあいだも、ぼくはルーチンワークを繰り返していた。

双剣を用いた接近は、少しずつサマになっていった。長い刃渡りのかわりに軽い刀身で、ぼくの筋力でもじゅうぶんに扱えるのが救いだった。風のように軽い剣捌《さば》きがいいというライオネルの要望をきちんと反映した自分を褒めてやりたかった。

巨人戦では、ぼくが生き延びる時間が長くなればなるほど、得られる情報も増えていく。

いまだにうまく跳び移れないことはあるが、タイミングさえ誤らなければ着地はできるようになっており、そうすると徐々にわかることが増えていった。巨人の機動力、小回りの具合、ぼくに対する照準の強さなどが、肌で理解できていく。

ループを重ねるうちに、ぼくはふたつの進展を得た。

ひとつは、とうとうやつに銃を抜かせたことだ。

接近するぼくを狙い撃つために、巨人は銃を生成してぼくを撃った。

それは進展であると同時に、かなり大きな難関でもあった。

こんなものを避《よ》けられるわけがない——と、すぐにそう悟ったからだ。

とくに、みてからは絶対に不可能だ。銃口が光るのと、ぼくのからだに穴が空いたのと、どちらがはやいのかさえわからないくらいだ。

食らったのが頭だったら、そこですべてが終わっていた。ぼくの命だけじゃなくて、リンネ市そのものが終わってしまっていた。

やはり、ぼくに正攻法は土台無理だったのかもしれない。

そう判断したころに、もうひとつの大きな進展があった。


もうひとつの進展は、兵器製作の進捗《しんちょく》だ。

はじめは途方もない作業に思えたが、途中から、ぐんと部品の製作速度が上がっていた。あきらかに、以前のぼくよりも鍛造の技術が向上していた。毎回、十時間以上かけて研究と実践をしていた甲斐《かい》があって、コツを掴《つか》んだというのもある。

手の甲に40と刻んだころには、ぼくはすべての部品の構造を頭に入れていた。

成果としては、かなりはやい。とくに、複雑で頭を悩まされていた歯車による駆動部分を、自分で思いついた汎用性のある設計に作り直せたのが大きかった。その設計なら、成形したあとに手作業で削れば、ほかの部品として流用できる。

技術的には、もう作れる。

最大の関門となるのは、やはり時間だった。

たったいちどもミスすることなく、すべての作業工程を最速で終わらせる必要がある。それも集中力を切らさずに、十時間ぶっ通しの作業となる。

かなり難しい仕事だ。それでも、ぼくに不安はなかった。

むしろ、やりごたえのあるタスクであるように思えて、ひさびさに胸が震えたくらいだった。

丸一日かけて、最後の確認作業を済ませると、その次のループで、ぼくはいよいよ本番作業に取りかかった。

もう、地下室にノートを取りにいく必要はない。

目覚めると同時に、すぐさま工房の作業部屋に向かい、錬成の準備をはじめる。合計で四十九の融点パターンに分かれる溶鉱の作業を開始する。

同一の型となる部品は一気にまとめて作り上げる。作業部屋に、どんどん砲台の構成物が積み重なっていく。

材料となる魔鉱がいよいよ切れようというときに、ぼくは最後の部品、動力の根幹部となる歯車の成形を終えた。

時間を確認して、冷や汗をかいた。想像よりも時間がかかっている。

おそらく間に合わないだろう――そう気づいてはいたが、手は止めなかった。

実際に組み立ての作業に入ると、やはりというべきか、噛《か》み合わない部品が出てきた。ぼくはどのナンバーか確認すると、しかたなく地下室に向かい、設計図を確認した。記憶違いをしていたわけではないが、ミスをしてしまっていたようだ。

研削用の工具を取り出して、手ずから直す。

もう、今回は絶対に間に合わない。

飛び散る火花をマスク越しに浴びながら、ぼくは気を取り直した。

むしろ、このときになかば諦めたからこそ、気がつけたことがあった。

砲台を完成させることばかりに意識を向けていたが、砲手の問題もある。当然、撃つのは素人のぼく自身だ。

射角や偏差の計算は済ませているが、やつの出現場所を知っていたとしても、その場での調整は必要になる可能性が高い。

「……そのためには」

作業用のゴーグルを、望遠可能に作りかえておくべきだ。それから――こんなことを失念していた自分が嫌になるけど――兵器の運搬手段も考えなければ。

さいわい、ぼくは時計塔の入館許可はもらっている。

あえて最後まで砲台を完成させずに、いくつかのパーツに分けて、新しく付け替える時計の一部だと伝えれば、あやしまれずに持ちこめるだろう。

ぼくは業者に電話して、本日の三時に取りに来てもらうことが可能かどうかを聞く。この重量だと特別な機材が必要になるそうだが、朝に言ってもらえれば当日でも用意できるという話を聞く。

危ないところだった。なによりもまず、ここを確認しておくべきだった。

その他もろもろ、ここにきて存在に気づいた問題点を解決させていくと、すぐにその日のタイムリミットがおとずれた。

いつものように、ぼくは双剣を持って塔に向かった。ここまで作った大量の部品は無駄になってしまったが、それでも、億劫《おっくう》な気分にはならなかった。

ぼくは、前進している。

すべての準備が整えば、この戦いも終わるはずだ。

なんでも実践しなければわからないもので、砲台の製作は、それからも難儀した。

ケアレスミスが命取りになったり、そもそもまちがえて設計していた部品が判明したりして、なかなかすぐには計画が実現しなかった。

ようやく完成したのは、さらに六回目のループを経たときだった。

46という数字が、ぼくの手には刻まれている。

ぼくは時計塔のうえで、運命の時間がおとずれるのを待っている。

ここまでは、すべてぼくが望んだようにことが進んだ。時刻は四時三十二分。やつが登場する八分前に、滑り込みで準備が完了した。

ぼくは、自分でここまで担いできた、重たい徹甲弾を持ち上げた。

分厚い装甲を貫くための、特別な弾だ。

ぼく自身が加速度を計算し直して、設計図から改良したものだ。魔鉱製の弾丸だから、わざわざ火薬を用いる榴弾《りゅうだん》にせずとも、自身の運動エネルギーのみでじゅうぶんに敵を破壊することができるはずだ。

もっとも、懸念点は多い。

空気抵抗は概算したが、実際に機能するかは試してみないとわからない。それに、素材の量に限界があったから、用意できたのはたった二発だけだ。

一発必中である必要はないが――それでも、二回ははずせない。

これで倒すと決めてから、時計塔では、ぼくはずっと巨人《ギガント》の動向を探ることに集中していた。だから、やつの動きは、完璧に頭に入れてある。

「倒す……。ぼくが、ぜったいに」

だれかに向けて、思わずそう宣誓した。

砲手台に立ち、あらかじめ計算しておいた位置に向けて照準をあわせる。

遠視ゴーグルを下ろし、二メートルにも及ぶ砲身に触れて、一秒一秒を待った。

そして、いつもの時間がおとずれた。


勝負そのものは、一瞬だった。

同じ場所から、同じ姿勢であらわれる巨人は、もちろん同じ動作でリンネ市の外壁に向かって、まずは街を一望する。

やつの魔鉱探知のセンサーには、いつもそこで引っかかる。

そしてかならず、巨人は時計塔に視線を送る。そのときには、遮蔽物《しゃへいぶつ》はなにもない。

こちらは高所から一方的に狙撃をおこなうことができる。

ぼくは、重たいレバーをおもいきり引いた。

すさまじい轟音《ごうおん》とともに、威力《いりょく》の溜められていた砲弾が射出された。

本来必要な衝撃緩和の措置は用意していなかったから、あと一発でも撃てば自壊するほどの衝撃が砲台を襲った。

それでも、ぼくの注意はそんなことには向いていなかった。

弾はきっと、ぼくの想定どおりに空を駆けたはずだ。空中分解も、設計不良による軌道ずれも起きなかったはずだ。

その証拠に、巨人が大きくよろめいた。やつの顔面が弾《はじ》け飛んだ証拠に、まるで砂嵐のように茶色い塵《ちり》が舞った。

「やった……！」

ぼくはガッツポーズをした。

まちがいない、命中した！

直撃したなら、これで決まりのはずだ。

ぼくは期待に打ち震えながら、結果がどうなっているかを待った。

その直後——違和感に、気がついた。

朧月《おぼろづき》のように、うすらぼんやりとした光源がみえた。赤い光だ。核が生きていて、その魔鉱生命の全体を、いまだ統率している証拠だ。

ぼくの全身に悪寒《おかん》が走った。

瞳は、光るばかりじゃない。その光が、確実に増幅している。

反射的に、ぼくは砲台の照準位置をずらした。完全に目測で、正しい位置を示せているかはわからない。それでも、撃つほかなかった。

なにかが来る。

い、い、い、い、撃たれるよりも先に、こ、こ、こちらが撃、た、ねば。

ぼくはそう直観したが、間に合わなかった。弾は放出できたが、着弾まではかなわなかった。

一瞬の閃光《せんこう》。その直後、まばゆい光が、異様な太さで街の上空を走った。

レーザー砲だ——そう認識したときには、時計塔が瓦解していた。


増幅する光を認識したときには、ぼくはきっと、無意識のうちに逃げる準備をはじめていたのだろう。だから、ぼくにレーザーが直撃することはなかった。

熱線に焼かれるかわりに、ぼくは瓦礫《がれき》の山に生き埋めになったようだった。

ようだった、というのは、視界が映っていなかったからだ。強烈な光を望遠鏡越しに直視して、ぼくは失明していた。

それでも、目が視《み》えていなかろうとも、自分の腕の位置はわかる。

いまだに腕はあり、時計もそこにあった。

ただひたすら必死に、ぼくは竜頭《リュウズ》を押しこんだ。


ベッドに戻ったとき、ひさかたぶりに、ぼくは時間を無駄遣いした。
47、と手の甲に彫る。
無意識のうちに、なんども釘《くぎ》でひっかいたせいで、肉がえぐれて血が噴き出てきた。

切っ先が骨にあたったときの痛みで、ようやく手を止めた。

——負けた。

負けてしまった。

また今回も、ぼくは敗北した。

あのとき目でみたものを思い出す。

砲丸は、敵に的中した。そればかりか、きちんと核を撃ちぬけたはずだ。

だが、やつは動いていた。

つまり論理的に考えて、ぼくは核を撃ちぬけてはいない。

この謎を解消する必要がある。

「……そうか」

しばらく考えて、ぼくは思いついた。

あの冑《かぶと》のような頭部の装甲。あれは、きっと飾りじゃない。核を覆い隠すための開閉式の防御手段となっているはずだ。

着弾の寸前に、巨人は咄嗟《とっさ》に冑を閉めて防いだということか。

「くそ、ありえないぞ……！」

ぼくは頭をかきむしった。

狙撃ポイントがどれだけ離れていたと思っているんだ。ぼくの造った徹甲弾は、計算上は毎秒千五百メートルに達する。音速を遥かに超えた、必殺の砲撃だ。

あの不意打ちを防げるなんて、ありえない。

この事実が示すのは、巨人《ギガント》は、ただ図体が大きいだけの敵ではないということだ。

いったいどういう情報処理をしているのか、みずからに迫る危機を把握して、完璧に対応してくる。

それだけじゃない。

やつが反撃に放ったレーザー兵器。

あれはおそらく、ぼくの知るレーザーとは違うものだ。

ぼくの推理では、あれがやつの有する超越的な能力のはずだ。

一部のリバイバルしか持たないとされる、超常現象のちから。つまりやつは、ぼくの腕時計と同じく、超越物《ビヨンド》を作り出すための貴重な素材でもあるのだろう。

ぼくはことさらに驚かない。あれほど規格外のリバイバルなら、むしろ当然だとさえ感じる。あの光線を用いた単純な火力が、巨人の特殊能力だ。

同時に、あれがきっとやつの切り札なのだろう。

つまり、ぼくはやつの奥の手を出させたことになる。徹甲弾を使った奇襲狙撃は、それだけやつにとっても脅威だったのだ。

問題は——その切り札に対する回答《アンサー》が、ぼくのほうにないことだ。

防げるわけがない。あれは、どんな策を用いても防ぐことができない。

ようは、ここにきて縛りが増えたということだ。

巨人と戦うときに、やつを逆上させてはならない。敵に危機感を抱かせずに、ぼくはやつを破壊しなければならない。

……そんなことが、やれるのか？

とにかく、ぼくはいちど手にした光明を捨てる気にはなれなかった。

机に向かい、計算をはじめる。同じ手段を用いる場合、大きく分けて方策はふたつだ。威力を下げて弾速をはやくするか、弾速を減らして威力を上げるか。

前者なら、敵が冑で防ぐ前に狙撃に成功する可能性がある。

後者なら、冑が下がっても貫通する、いわゆる侵徹の性能を上げることで攻撃が成功するかもしれない。

「……弱音をはくなよ。おまえがやるしかないんだ、キア・アンティ」

もう何回めになるかもわからない言葉を吐く。

それから、長い作業に取りかかった。

一新した徹甲弾の性能をひと通り試すのに、ぼくは追加で五十か六十のループをおこなった。そもそも砲台が完成するかどうかもぎりぎりの戦いなのに加えて、巨人に弾が命中する確率は、よくて二十パーセントというところだった。

そしてやっと戦えるところまで進めても、芳《かんば》しい結果はついてこなかった。

手の甲の数字が三桁に達するころになって、ようやくぼくは砲台による攻略を諦めることを考えていた。最高の加速度で撃っても、最大限に貫通力を高めて撃っても、結果が変わらなかったからだ。巨人の冑は、徹甲弾をものともしない。

砲台では、やつを倒すことはできない。

そんな単純な事実を受け止めるのに、ぼくはずいぶんと時間を使ってしまった。

もっとも、ほんとうに時間を使えているのかどうかは、微妙なところだったが。同じ日を繰り返しているぼくに、果たして時間を使うなどという贅沢《ぜいたく》なことができているのだろうか。


１１７と刻まれた傷をなぞる。

こころのどこかで、この数字が三桁に達するころには、きっとどうにかできていると思っていたことを自覚する。

だが、現実は甘くなかった。

ぼくは嫌な汗をかいていることを自覚していた。まるで密室に囚《とら》われていて、足元から徐々に水がせりあがってきているかのような、そんな焦りを覚える。

その焦りを消し飛ばすために、ぼくは首を振った。

冷静に考えろ。

これは、負けのないゲームじゃないか。

そうだろう？

なぜなら、ぼくは死なないかぎり、かならず再挑戦の権利を得るからだ。つまり、いつかはかならずゴールにたどり着くことができる。

かならずだ。

「……手段は、ほかにもある」

まだ、たったひとつだめだっただけだ。ぼくは地下室に向かい、埃をかぶった設計図を確認した。まだまだ、戦争時に開発されていた兵器はほかにもたくさんある。

——これを、ぜんぶ試してやる。

また頭から知識の入れ直しになるが、そんなことはたいしたことじゃない。

落胆を反動にかえて、ぼくは作業に没頭した。


そこから、際限のない戦いがはじまった。

ムゲンノ日

Mugen no hi

地下室には、合計で三十七に及ぶ兵器の設計書が置いてあった。実践化されたものから、机上の空論で用意されたものまで、たくさんの武器が地下に眠っていた。

ぼくはそれらの資料を呼び覚ました。

すべてを検討した結果、使えるものは限られているように思えた。

たとえば、生物兵器のたぐいが通用しないことは、試さずともわかる。

あるいは、火炎放射器なども効果を発揮しないだろう。対人間用の兵器は、やつには効かない。

逆に言えば、それ以外の使えるものは、ほんとうにすべての手段を実践した。

はじめに試したのは、アプローチをがらっと変えることだった。

まずぼくが目をつけたのは地雷だった。やつの出現場所はわかりきっているから、あらかじめそこに大量の爆弾を設置しておくのだ。

通常、そんな用途で使う者はほとんどいないが、魔鉱《フォージ》には爆薬の素材となる加工の方法がある。多分に酸素を含んだ硫黄《いおう》に近い粉末として利用することが可能で、あとは着火さえできれば、効率的な燃焼と強力な爆発力を発揮させられる。

ただし、この地雷の設置は、真の意味で命がけとなった。

製作の途中にミスで爆発したのはいちどやにどではなく、ぼくははじめて巨人に出会うよりも前に腕時計を使わされそうになった。

振動で簡単に着火する地雷を、ぼくは市外の荒野に設置した。

これは、すぐさま失敗を悟った。巨人が出現する前兆で鳴る、あのすさまじい地鳴りのときに、ほとんどの地雷が爆発してしまって、肝心の核《コア》に命中させることができなかったからだ。

ループ回数が二百回を超える。

次なる手として、手動で爆発させる作戦に切り替えた。手榴弾《しゅりゅうだん》をべつに用意して、地雷原に向けて投げこみ、連鎖爆発を引き起こすという作戦だ。こちらを試したときに、ようやく直撃時の結果を知ることができた。

結果は、失敗だった。

巨人の外装にダメージは見受けられたが、核を破壊することができなかった。核を守る冑を貫通するほどの爆風にはならず、街の外壁とともにぼくは轢《ひ》き潰された。

火力が頭打ちとなり、ぼくは地雷計画を諦めた。

ループの回数が五百回を超える。

ぼくは初心に帰り、砲台の改良作業に入ることにした。

爆弾製作の経験を基に、徹甲弾ではなく、炸裂弾を使用するという案を思いついたからだった。硬い弾頭で少しでも装甲を穿《うが》ち、肝心の核には、爆熱を与えて破壊するという作戦だ。

これはもっとも時間を要した作業であると同時に、最後まで試みがうまくいかない挑戦となった。目標物に着弾したあとにうまく爆発する榴弾《りゅうだん》というものが、ぼくにはどうしても作れなかったのだ。それは一介の時計職人にクリアできる課題ではなく、きちんとした設備を用意しなければ解決できない領域だった。その事実に気づくのに、ずいぶんと無駄なループを過ごしてしまった。

ループの回数が八百回を超える。

刻む数字が増えるごとに、焦りが募っていく。

ぼくはそれを自覚しつつも、無視していた。

気づかないうちに技術力が研鑽《けんさん》されていったように、ぼくは無意識のうちに、自分のなかに芽生えた感情を無視する術《すべ》に長《た》けていった。

ぼくは、ふたたびアプローチを変えた。

敵の武器を壊しきるという作戦だ。

そのために、ぼくはガトリング砲の作製に取りかかった。

これは砲台よりも機構がむずかしく、そのわりに、威力は半分以下だった。それに加えて、二十ミリにもおよぶ口径の弾丸を十二時間で大量に用意することができず、本来の威力がなかなか発揮できなかった。武器自体の取り回しがむずかしいという難点もあった。

ようやく満足に扱えるようになったころには、巨人の攻撃に耐えながら、すべての牙をもぐというのは、まったく現実的な手段じゃないことに気づかされた。

ぼくは、またしても考えをあらためた。

ずっと前、ループの初期のころに手を引いた作戦を復活させるしかないと悟った。すなわち、近距離戦による攻略である。

ありとあらゆる手段の遠距離攻撃が通じなかった以上は、どうしたってそうするしかなかった。

ここにきてぼくは、短い射程の武器に手を出すことになった。

そのころには、手の甲の数字はとっくに四桁に達していた。

巨人《ギガント》は、砲台による攻撃を防いでいた。リバイバルがどのように世界を認識しているのかは判明していないが、事実としてやつは遠距離狙撃から身を守った。

であれば、次にぼくが試すべきはなにか。

答えは単純だ。

その逆にあたる、近距離射撃を狙うしかない。

厄介なのは、巨人の構造上、足元からの射撃では角度が足りないことだった。

それこそ外敵から身を守るための構造なのだろうが、巨人の頭部に向けて通せる射線は、やつよりも上の目線からしか用意できない。

どうにか街の外壁のうえに登ったとしても、まだ足りないくらいだ。

つまり、ぼくが意味のあるかたちで巨人に近づくためには、はじめにやっていた手段——やつの腕に飛び乗り、それを伝って接近するという方法しかないようだった。

この手段は、やつが生成する武器の箇所をすべて把握して、嵐のように苛烈な攻撃をかいくぐり、一発も食らわずに核までたどり着くことが前提となる。

以前は、たった一回の銃身の生成によって進行をくじかれてしまった。

進捗《しんちょく》率としては、甘く見積もっても百分の一ほど。現時点で、一パーセント程度といったところか。

「……いいさ、やってやる」

ぼくは、ひさしぶりに双剣を手に取った。

やつのふところへの接近ルートを探す——永遠にも近い、最悪の挑戦がふたたび幕を開けた。

＊

もう何年も前のことだ。

ライオネルが狩人《かりうど》試験のために忙しくなり、エルザとも互いに適切な距離感が掴《つか》めなくて、少しだけ気まずくなっていたころ。ふたりのほかにともだちがいないぼくは、休みの日にはずっと本を読んで過ごしていた。

当時のぼくは、こころの本を読んでいた。自分が他人よりもデリケートな部分があると自覚していたから、少しでも知識をつけるつもりだったのだ。

ある心理学者が書いた本には、こう載っていた。

こころとからだは無関係ではない。こころの不調はからだに影響し、からだの不調はこころに影響する。どちらか一方が健康だということはないのだと。

その学者の言うことが正しいのかどうか、結局ぼくにはわからなかった。

それでも、今この状況にあって、少なくともあからさまなまちがいではなかったのだろうと考えている。

ぼくの肉体は、つねに過去の自分に戻っている。つまり、肉体的にはつねに健康を維持している。

それでいて、ぼくの記憶は——ぼくのこころは、幾重にも積もっていく死のループの底に、どんどん埋もれていっている。

ぼくは、からだの元気さに引っ張られて、今もどうにか動いている。

しかし、それは逆を言えば。

健康な肉体にもかかわらず限界を迎えたときは、それは真の限界ということかもしれない。

ぼくの精神が、ほんとうに耐えられなくなったということなのかもしれない。


その日も、ぼくは巨人に立ち向かっていた。

ぼくがこの目に焼きつけているのは、巨人の生成する武器の場所だった。

リバイバルが武器を生成できる場所は限られている。それは内部の液化魔鉱が行き着く終着ポイントであり、決められた場所にしか作ることができないのだ。

いわば、人体でいう経穴のようなものだといえる。

どれだけ数が多くとも、出現する位置だけは一定というのは、ぼくにとって唯一の希望だといえた。

現在、ぼくが把握している箇所は二百六箇所。

ループ回数は、２８８３と刻まれている。

新たな発見が得られる回は、圧倒的に少なかった。

巨人の腕に飛び乗ることには、もうかなり慣れている。それでも、振り落とされずに前進するのは、いまだに失敗することが多い。

そしてうまく進めたとしても、その先にはいくつもの難所がある。

巨人は、自分に敵意を持って向かってくる存在をきちんと認識して、全力で排除しようとしてくる。

だからやつの腕は、さながら死の道だった。

もっとも苛烈な場所は、人体でいう上腕の真ん中ほどだ。四方八方から銃口が生えて、ぼくを撃ち殺そうとしてくる。

この周辺の生成銃は、すべて把握している。今知りたいのは、そこを越えた先だった。五十回連続で同じ箇所でゲームオーバーになることはけしてめずらしくなくて、そのたびにぼくの精神は摩耗していった。

それは際限のない摩耗だった。

そのころには、ベッドで目が覚めるたびに、ぼくはほんの少しずつ肉体が重くなっているのを自覚していた。

それでも、ぼくはやめるわけにはいかなかった。

このゲームを降りるわけにはいかなかった。

勝ち筋が、みえていたからだ。

「……やっぱり、これがいちばん最適なはずだ」

昼の時間で、ぼくはとある兵器の研究を進めていた。

それは、地下室の設計図にはなかった兵器だ。いくつもの武器の錬成を乗り越えて、ぼくは一から自分で設計するだけの実力を身につけていた。

ぼくが設計したのは、携行式のバズーカ砲だった。

規模的には、かつての砲台に比べると、ずっとちいさい。だが、着想はあの銃身から得ていて、部品の造形もいくつかは流用している。

射出回数は、一発限り。その一発を放てば、この武器は壊れてしまう。それは、携行可能なほどの軽量化を図るにあたって生じた弊害だ。

だがもちろん、それで構わなかった。

もとより一撃必中のつもりで、はずせばそれまでだからだ。

「――みていろ。かならず、ころしてやる」

暗い工房の隅で、ぼくはつぶやいた。

試作途中の銃身の、そのあやしく光るうつくしい表面を撫《な》でながら。

ループ回数が３０００を超える。

そのころには、ぼくの感覚はとうにおかしくなりはじめていた。

自分がどこにいて、なにをしているのか、ときおりわからなくなることがあった。

いやな耳鳴りが響いて、止むことがない。頭の奥底、脳髄のあたりが鈍痛を訴えている気がする。視界が揺らいで、平衡感覚に狂いが生じている。

ぼくはほんとうに時間の輪のなかに閉じこめられているのだろうか？

すべては、ぼくの空想なのではないか？

現実では病院かどこかで眠っていて、長い悪夢をみているだけなのではないか？

そんな考えが頭をもたげるたびに、数字を刻む習慣をはじめたのは正解だった、と過去の自分に感謝していた。

繰り返される日常と、膨大な記憶に騙《だま》されてはならない。

なにが疑わしくとも、自分がその数字のなかにいることだけはたしかなのだから。

手の甲の傷に触れるとき、ぼくは決まって無性に虚《むな》しい気持ちになる。

こどものころ。まだものをまともに話すことさえできなかったころ、路地裏を彷徨《さまよ》っていたときよりも虚しい孤独を感じる。

ぼくが思い出すのは、浮浪者だったころの、幼少期のころのぼくだ。

その後じいちゃんがあらわれて、工房に連れ帰ってくれたばかりのころのぼくだ。

キアという名前をもらい、同じ苗字を名乗ってよくなったころのぼくだ。

当時のことを、うまく思い出すことができない。その光景はまぼろしのような靄《もや》になっていて、じいちゃんの声は、水中で聞くかのようにおぼろげになっている。

でも、ぼくは大事なことは忘れてはいない。

ぼくは、受けた恩を返さなければならない。

だからぼくは、ここで血へどを吐きながら、食らいつかなければならない。

ぼくは、死に続けなければならない。

ぼくは巨人の鉛弾に撃ちぬかれて、内臓をばらまく。

ぼくは地面に落下して、血のプールのなかに沈んでいく。

ぼくは壁に叩《たた》きつけられて、ぶちまけられたペンキのような姿になる。

それでも、ぼくは諦めてはならない。

ループの回数は、すでに4000をゆうに超えている。

工房の壁に描いた巨人の全体図には、生成ポイントがぎっしりと記録されている。

やつのふところに入りこむまでの道筋が、できあがっていく。

改良に改良を重ねて、バズーカ砲の火力は特別なものになっている。

ぼくは、着実にゴールに近づいている。

いやでも口もとが緩んでいる自分を自覚する。

終わらせてやる。こんどこそ、息の根を止めてやる――そう思って工房を出ていくときに、鏡に反射する自分の姿を、ひさびさに眺めた。

充血していた。

ぼくの眼《まなこ》は、巨人の核のように、真っ赤な光を放っていた。

そして。

その日のぼくは、いつものように時計塔に立っていた。

手の甲には、4442と刻まれている。

右肩にはバズーカ砲を、左手には双剣の片方を抱えている。

いいかげんに終わらせるつもりだった。どういうわけか、これまでの長い道のりは頭から消えて、ただひたすらに、目の前への覚悟だけが、そこにあった。

自信はあった。

やつに接近するための道は、みえている。タイミングも、肉体を動かすべきわずかな誤差のことも、すべて把握できている。

運命の時間、四時四十分がおとずれる。

いつもどおりのすさまじい地鳴りのあとで、地下からやつが姿をあらわした。

この周辺でもっとも潤沢な魔鉱――ぼくたちの街に向けて、渇望するかのようにその腕を伸ばしてくる。

　ふっ、と息を吐いて、ぼくは跳びおりた。

　表面のひずみに手をひっかけて、まずは重力に対して垂直な位置へ。そのまま三歩だけ駆けて、六秒のあいだ斜面に従ってスライディング。

　巨人が腕を回転させるときに、ちょうど右手の位置にくる窪みを掴《つか》む。剣を突き刺してからだを固定して、三秒ほど耐える。まだ体勢が戻りきらないタイミングで手を離して、即座に前方へ。障害物のようになっている装甲の壁を掴み、遠心力を利用して二時の方向に跳ぶ。ほぼ同時に、ぼくがいた場所には三発の銃弾が空を切る。

　四秒進む。ここで伏せる。ぼくの眼前を巨大な弾が通過する。起き上がるタイミングで、半歩ぶん左へ、五歩ほど進んだらわざと立ち止まる。ぼくの移動速度を踏まえた偏差射撃――それも自分自身のからだを撃つほどに殺意がある――をやりすごして、この先はたっぷり九秒も進める。

　腕がいちどだけ縮み、ふたたび伸びる。その際に大きく円弧を描いて、巨人の顔がすぐ下に覗《のぞ》けることになる。それと同時に、やつの核周りの装甲に無数の銃口が生成されていることにも気がつける。

　次の瞬間、すべての銃口から、特大サイズの弾丸が時間差で発射される。

　誇張抜きで、ぼくはここで千回は死んだ。

だが、千と一回を乗り越えた。

ほとんど唯一といっていい活路が、すぐ傍にあることを知った。

ぼくは、あえて真正面に飛んだ。ほんの一瞬、刹那《せつな》の躊躇《ちゅうちょ》さえも、ここでは許されない。隠れたり、避《よ》けようとすれば、逆に生き残る道がなくなる。

ただの一時も恐れずに、前に進むこと。

その答えを導き出せれば――。

「――**ようやくまともに目が合ったな、でかぶつめ**」

あまりにも巨大な顔が、すぐ眼前に来ることになる。

ぼくはバズーカ砲を正面に構える。射撃が下手《へた》だろうと関係ない、目と鼻の先で、どんな素人《しろうと》でもはずすことのない位置で、ぼくはこの特大砲を撃ちこむ。

すべては完璧に計画どおりだった。あとは地面に激突する前に、圧縮しておいた魔鉱製の緩衝材を着地点に撒《ま》いたら、完全にぼくの勝ちだ。

こんどこそ、ぼくが生きて、おまえが死ぬんだ。

砲弾が、巨人の核に接触する。

その瞬間、ぼくは目を疑った。

冑のような装甲――その下から、無数の剣が伸びるのを、ぼくは目にした。

その剣は、ひたすらに頑丈で、糸の一本さえも通さないほどの圧倒的な密度で、信じられない鉄壁さで。

　そして、巨人の核を——その顔面を、完全に覆い隠した。

　直観的に、ぼくは理解した。

　昔、ぼくの放った高速の砲撃を防いだのも、この剣山だったのだ。コンマ何秒という速さで開閉する、核を守るための特別な生成防具が邪魔していたのだ。

　砲丸が着弾する。

　爆風が広がり、ぼくはその勢いに押し出されて地面に叩きつけられる。

　ありったけの火薬を詰めた焼夷弾《しょういだん》が、ねずみ色の煙を生み出している。その暗幕が暴かれたとき——そこには、剣で守られた巨人の顔があった。

　剣がゆっくりと下に降りていく。

　巨人の瞳が、まったくの無傷のままで、ぼくを見下ろした。

　やつはゆっくりとからだを動かすと、ぼくの傍に落ちている純正の魔鉱武器を取りこもうと、その巨大な肉体で轢《ひ》き潰してくる。

　負けた。

　うそだ。

　そんなはずはないのに。

　負けるわけがないのに。

あれだけ準備をしたのに。
そんなはずが、ないのに……。
規格外の質量が上から襲い、ぼくの全身が、壊れていく。
ブチブチと音を立てて、ぼくの頭が割れ、眼球が飛び出し、血と体液が飛び散る。
アッと、だれかの口から声が漏れた。
だれのこえだかも、わからなかった。
ろんりてきにかんがえるなら、きっと、ぼくじしんのだったのだろう。

「アッッッッああああああああああああッああああ嗚呼ああああああああああああああああああああああアアアアああああああああああああああ嗚呼ああああッッッああああああああああああああああああああああああああああああああッッああああああああああああああああああッッッあああアアアアアアアアアアアアアあああああああああああああああああッッッあああああああああああああああああああッッッッッッ」

そして

ぼくの意識は、

暗転した。

ハイボクノ日

Haiboku no hi

ハイボクノ日

EIEN
HANAHADA
SHII

一時間。

およそ一時間、ぼくはそのまま座っていた。

左腕には、腕時計がある。

げにおそろしきは習慣だ。四千回以上のループの果てに、ぼくは完全に無意識のうちに腕時計に手を伸ばし、竜頭《リュウズ》を押しこむようになっていたようだ。

おかげで、ぼくは生きている。

いつもの日。

四千回以上も過ごした、なじみの朝を過ごしている。

鳥がいつさえずるのか、どのタイミングでこどもたちの無邪気な笑い声が届くのか、窓を流れる雲の流れさえも、すべて手に取るようにわかる日だ。

動かなければ、とぼくは思う。

これまでと同じだ。

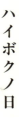

巨人を倒すために、方法を考える、対策を練る。

またいちから、画期的で、これだというアイデアを。そして、気の遠くなるほどに長い時間を、ひとりで過ごす。

時間を無駄にしてはいけない。時間を無駄にすると、この永遠の日が、ますます長引いてしまう。長引いてしまうと、ぼくがいつか、このぼく自身がいつか。

いつか、耐えられなく……。

ぼくは、かなづちを手にしている。

ただし、叩《たた》くものはみつからなかった。叩いたとして、なにを形作ればいいのかわからなかった。

なぜなら、ぼくにやれることはすべてやったからだ。

ほんとうに、すべてを試したからだ。

この工房から生まれうるもの、この頭から生み出せるものを、すべて。

だから、もうなにも考えることができない。

この手が動くことも、ない。

頭のなかで、だれかの声がした。

この引きこもりくんめ、と優しい声がする。

まったく、キアは放っておくとすぐに工房から出てこなくなるんだから。

きちんとお日さまを浴びて健康でいないと、いい仕事はできないわよ——。

「……そうだ」

気分転換だ。

それが必要だ。

気分さえ変われば、なにか進展するかもしれない。

ふらふらとした足取りで、ぼくは早朝の街へ繰り出していった。


工房を出て左に向かわないのは、ほんとうにひさしぶりのことだった。覚えているかぎりだと、屋根から屋根に飛び移る練習をしていたころが最後だ。

右に足を踏み出して、ひたすらに歩いていく。

リンネ市の朝がはじまろうとしていた。商売熱心なひとたちは、開店のための準備をしている。

いくつかの店はすでに開いている。

いいにおいがして、ぼくは向こうの通りに目を向けた。

近所に新しくできたパン屋さんだ。工場に働きに行くひとたちがよく寄る、安くておいしいお店だ。ぼくも、なんどか利用したことがある。

突然、ぼくのおなかが鳴った。

それは奇妙な感覚だった。おなかが空いている——それは、信じられないほどに懐かしい感覚だった。ループする十二時間を、ぼくはずっとなにも食べずに過ごしていたのだ。なにかを食べようなんて、考えたこともなかった。

ぼくは、いざなわれるように店のなかへ入っていった。

いらっしゃい、とレジのおばさんに笑顔で声をかけられた。

いくつもの種類のパンが並んでいる。どれもおいしそうだった。武器ではないものを眺めているというだけで、なんだかやけに新鮮だった。

ぼくは棚を端から端までみて、ひとつのパンに惹かれた。

プレッツェルだ。よく塩がきいていて、ぼくはこの味が大好きだった。

欲望のまま手に取ると、マスクをはずして、かじった。

おいしい。おいしい、おいしい。

すごく、おいしい。

夢中になって食べていると、肩を叩かれた。

「ちょっと、あんた、お会計は」

パン屋の主人のようだった。

オカイケイ、とぼくは言葉を繰り返した。お金のことだというのが、一拍遅れて理解できた。

「すみません、今、なくて」

「だからってあんた、買わないで食べられちゃ困るよ」

「でも、ぼく、また帰って考えなきゃいけないんです。巨人《ギガント》を倒すための方法を、また最初から考えなきゃいけないんです。だから、脳に栄養が必要なんです」

パン屋の主人が、レジのおばさんを振り返った。

おばさんが肩をすくめる。ふたりとも、どうしてか怪訝《けげん》な顔をしていた。

「とにかく、ここで食べるのはやめてくれ。裏に行って話そう」

彼が、ぼくからプレッツェルを取り上げようとした。

その腕が伸びてくる。

徐々に、こちらへ――。

ぼくは、巨人の腕を思い出した。

「うわ、あああああぁぁあっっ」

相手の手を、強く振り払った。

「こいつ、手をあげやがったな!」

「やめてください、やめて――やめろ。ぼくに、ぼくに触るな!」

ぼくは、彼を思いきり突き飛ばした。パンが並んだ棚を巻き込んで、主人が転んでしまう。おばさんが悲鳴をあげた。

悪いことをしてしまった——そう頭の片隅で思ったが、謝る気にはなれなかった。どうして、このひとたちはぼくの邪魔をするんだ。

そう思うと、むしろどうしようもない怒りがわいてきた。

「いいでしょう、パンのひとつやふたつくらい、ばからしい。ぼくがっ、このぼくが、だれのために、毎日毎日、ひとりでがんばっていたと思っているんだ」

「なんだぁ、おまえ、頭がどうかしちまってんじゃないのかっ」

「おかしいのはあなたたちだ。このままだと、みんな死ぬことになるんだぞ。あいつに撃たれて、踏み潰されて、死ぬことになるんだぞ。ぼくがいなきゃ、全員ちりになって死ぬことになるんだぞ。ぼくが、ぼくがっ、それを防いでやっているんだ！」

「あんた、いいかげんにしないと、狩人《かりうど》を呼ぶよっ」

おばさんが、受話器を片手に金切り声をあげた。

「狩人？　あんな役立たずども、好きに呼べばいいさ。ぼくは、あんなやつらよりも、ずっと、ずっと」

途中で、ぼくは言葉を止めた。

気づけば、まわりのひとがこちらを注目していた。お客さんがパン屋の主人の手を取って起こしてあげて、いたわっている。

みな、ぼくに対して敵愾心《てきがいしん》の宿る目を向けている。

「……どうして」

ぼくは、たじろいだ。

ショックだった。こんな程度のこと、許されてあたりまえだと思ったのに。

だって、ぼくは英雄なのに……。

——なんておろかなひとたちなんだ。

どうしようもない。救えないほどに、頭が悪い。

「こんなもの……！」

ぼくはプレッツェルを投げ捨てると、ドアに向かった。防ごうとしたひとを突き飛ばして、走ってお店を出ていった。

涙があふれて止まらなかった。


工房に帰ると、ぼくはすぐに荷物をまとめはじめた。

どうして気づかなかったのだろう。

いちばんシンプルな解決策があったんじゃないか。

こんな街、捨てていけばいい。

巨人なんか無視して、どこか遠くへ逃げてしまえばいい。

ぼくは、人間がきらいだ。みんな自分勝手で、冷たくて、ぼくをゴミみたいに扱ってくる。路地裏生活をしていたときも、連中はだれもぼくを助けてくれなかった。ぼくに優しくしてくれたのは、たった三人だけだ。

拾ってくれたじいちゃん。

遊んでくれたライオネル。

それに大好きなエルザ――。

好きなひとたちを守るだけなら、そんなことはかんたんだ。

ぼくは瓶詰の貯金を鞄《かばん》に入れる。自分の作品でもっとも好きな時計を入れる。だいじに飾ってある、じいちゃんがくれた時計を入れる。愛用の仕事道具を入れる。思いつくかぎり、目につくかぎり大切なものを、すべて鞄に入れていく。

最後、扉を出る前に、ぼくは振り向いた。四六時中を過ごした工房だけは、持っていくことができない。惜しい気持ちを振り切って、外に飛び出した。


時刻は、まだ早朝だ。

それでも、エルザの花屋は開店していた。店先には色とりどりの花が並べてあって、朝の陽《ひ》ざしを浴びている。

ぼくは、勇気を出せずにいた。物陰に隠れて、だれが店にいるのか確認しようとしていた。会うならエルザだけがよかった。それ以外のひとには、会いたくない。

時間が惜しい。こんなことをしている暇はないと、自分の足を叩く。

そうしていると、

「キア？　どうしたの、こんなはやくに」

「ひあっ」

背後から声をかけられて、ぼくは跳びあがった。

エルザだった。むかしから、どうしてかエルザには背後を取られることが多い。ループの前に話したときもそうだったような気がする。

エルザは、いつものかっこうで、頭にバンダナを巻いていた。腕には、籠を抱いている。どうやら朝市にでも行っていたようだった。

その立ち姿を上から下まで、ぼくはじっくりと確認してしまった。

どれくらいぶりなのだろう。彼女の姿を目にするのは。

「なんなの。ひとのことじろじろみないでよ」

「ご、ごめん。でも、あまりに懐かしくて……」

「なに言ってるのよ、先週も会ったばかりでしょ。……まあ、何日も空くって、あたしたちにはちょっとめずらしかったけど」

エルザが、ぼくの手を取った。

「キアは、朝のお散歩？　なら、ちょうどいいわ。けさはお父さんが寝坊しちゃったから、今から朝ごはんを作るの。よければ食べていって」

「い、いや、それは、できない」

「できない？　どうして？」

ぐずぐずしている暇はない。握っている手を持ち上げて、ぼくは言った。

「そんなことより、エルザ、ぼくとピクニックに行こう。きょう、できるだけはやいうちに」

エルザは、いかにも困惑した表情になった。そのときになってようやく、ぼくの大荷物に気がついたようだった。

「きょうって、今からってこと？　そんなの無理よ」

「もちろん、準備する時間はあるよ。そうだな、お昼に出発でどうだろう」

「どっちにしてもだめよ。あたし、きょうは店番があるもの」

「エルザ！」

「いくらなんでも突然すぎるわよ。週末なら行けると思うから、また誘ってね。それより、朝ごはん……」

「エルザ、そんなこと言わないで。お願いだ、ぼくと来てくれ」

どうしたら言うことを聞いてもらえるのかわからなくて、ぼくにはただ手を握るちからを強めることしかできなかった。

「キア、どうしたのよ、いったい……」

エルザが、ふと気づいたような顔になった。ぼくのマスクを取ると、両目を覗《のぞ》きこんでくる。まるでそうすれば、ぼくの考えがわかるとでもいうかのように。

「なにがあったの、キア。なんだか、怯えているみたい」

「……あとで、話すよ」

「どうしてよ。今だってふたりきりじゃない」

ぼくは首を振った。今のぼくに言えることはなにもなかった。

とにかく、ぼくは街を出たくてしかたがなかった。一刻もはやく。

「どうしても、きょうじゃないとだめなのね」

「うん」

エルザはしばらく黙っていた。いかにも不満げで、悩んだような様子だったが、やがて息を深くつくと、

「……何時に、どこに行けばいいって？」

「来てくれるんだね！」

ぼくは顔を上げた。喜びで胸がいっぱいだった。

「しょうがないでしょ。キアがこんなわがままを言うの、はじめてだし……それに、きょうは特別に天気もいいしね。たまには、こういうのも悪くないかも」

「よかった。ああ、よかった！」

なんどもそう口にするぼくをみて、エルザは笑った。

——正午に、東側の門で。

そう約束すると、ぼくは次の場所に向かった。


目的地はたったひとつで、迷うはずもなかった。

幾度となく見舞いにおとずれた、市立病院だ。エルザを市外に連れ出せる以上、ぼくが助けたいのは、あとひとりだけだ。

ライオネルは問題ない。ぼくが止めないかぎり、ライオネルは護衛任務でリンネ市を空けるはずだから、これから起こる惨事とは無関係でいられる。

残るはじいちゃんだけだ。

ぼくは走って病室に向かった。途中で注意されたが、構っていられなかった。

「じいちゃん！」

扉を開けると、じいちゃんが看護師のひとに支えられてベッドから降りようとしているところだった。ふたりとも、驚いた顔でぼくをみた。

「キア？　どうしたおめぇ、血相を変えて」

「お孫さんですか？　すみません、面会の時間は午後からと決まっているのですが」

「特別に許可をもらったんです。ぼく、仕事で街をしばらく空けるので、その前に会っておきたいって主治医の先生にお願いしたんです」

なにも考えていなかったのに、ぼくの口からは勝手にぺらぺらと嘘《うそ》が出た。

「今からは、日課の散歩の時間ですよね？　よければ、ぼくが車いすを押します」

「ええと……。ええ、そういうことなら、わたしは構いませんが……」

看護師が、おずおずと車いすから手を離した。

じいちゃんは、終始怪訝な表情をしていた。

ぼくがどうにか看護師を追い出すと、ようやくじいちゃんは口を開いた。

「キア。街を空けるって、なんのことだ。わしは初耳だ」

「そりゃそうだよ、今はじめて伝えたんだから。とにかくそういうわけだから、散歩にはぼくが連れていくよ。ほら、はやく乗って」

ちょうどいい、とぼくは思った。じいちゃんは足腰が弱っていて、今はもうひとりでは長く歩けない。とにかく外に連れだすことさえできれば、そのまま好きなところまで運んでいける。

だが、じいちゃんは拒否した。

「……いや、いい。きょうは、あまり散歩って気分じゃねぇんだ」

「そんなこと言わないでよ、じいちゃん。陽を浴びないと、からだに悪いし」

「工房に万年ひきこもりのおめぇに言われちゃ世話ねぇな。まあ、わしに似たんだろうから、あまり上から言うこともできねぇけどよ」

じいちゃんは、すっかりベッドに戻ってしまった。

「そんなこと言わないで、いいから乗ってよ」

「いやだね。それよりおめぇ、西の時計塔の修理に取りかかるって話だっただろう。そんな大仕事をことわって、市外でなにをするンだよ」

「……じ、実は、となりの街から、時計製作の依頼がきたんだよ。ものすごい報酬金なんだ。うちの工房の名前は、今はもうそれくらい売れているんだよ。それで、クライアントに直接会って、デザインの細かい要望を聞くことになったんだ」

信じていないことが丸わかりの目で、じいちゃんはぼくをにらんだ。

「なぜ、わしを外に連れていこうとする。なにを企《たく》んでいやがるんだ、言ってみやがれ」

「なにも企んでなんかいないよ。どうして疑うのさ」

「いくら老いぼれてもな、孫息子のつまらねぇ嘘はすぐにわかるんだよ。もういちど言うぜ、なんのつもりか話してみろ」

老人とは思えない鋭い眼光に、ぼくはひるんだ。

言えるわけがなかった。なにをどう言っても、信じてもらえるはずがない。

そうだとしても、嘘をついていることは認めるほかなかった。

「……理由は、言えない。でも、じいちゃん、その孫息子の一生のお願いだから、聞いてよ。わるふざけとかじゃないから……」

「ふざけてねぇのは、顔をみりゃわかる。おめぇはクソまじめだからな、むしろ伊達《だて》や酔狂だってんなら頼みを聞いてやってもよかったが、そうじゃねぇんなら、話はべつだ。……おめぇ、本気でリンネ市から離れようとしているな」

じいちゃんは、難しいデザインの時計を設計するときと同じ表情で、ぼくの目を覗いた。ぼくの尊敬する職人が、本気でものを考えているときの顔だった。

「ふん。偶然か気の迷いか、なにかでけぇ犯罪でもやっちまって、狩人どもに追われている……。だから捕まる前に、身内を連れて市外に逃走しようってところか」

「ばかなこと言うなよ、じいちゃん。ぼくがそんなことするはずがないだろ」

「その反応、当たらずとも遠からずってところか。少なくとも、逃げようとしているってのはまちがいなさそうだな」

ぼくは、自分の呼吸が荒くなっていくのを自覚した。じいちゃんの言動ひとつひとつが、ぼくの神経を逆なでしている気がした。

「だとしたら、なおのことわしは行けねぇな」

「……それは、逃げるような腰抜けにはついていけないっていうこと?」

「あぁ？　だれがんなこと言った。なにをやったかは知らねえが、逃亡上等じゃねぇか。逃げろよ、キア。逃げるべきときに逃げんのは、むしろ勇気だぜ」

それは意外な発言で、ぼくは耳を疑った。だが、じいちゃんは嫌味を言っているわけでも、冗談を吐いているわけでもないようだった。

「そ、それなら、どうしてついてきてくれないのさ」

「おめぇ、ばかか？　外に出るってことは、どっか新天地でやっていくんだろうが。だったら、こんなくたばり損ないのジジイを連れていってなんになる？　せっかく別嬪《べっぴん》のガールフレンドがいんだろ、地面に頭こすりつけてでも説得して、ついてきてもらえ」

じいちゃんは、ペットボトルの水に口をつけた。禁酒する前に、大好きだった蒸留酒を瓶から飲んでいたときと同じように、うまそうに飲み干す。

もしかしたら、もうこの仕草をみることもできなくなるかもしれないと思うと、ぼくは居ても立ってもいられない気分になった。

「どうしてそんなことを言うんだよ。ぼくは、じいちゃんにも来てほしいんだよ」

「あいにくだが、わしが行きたくねえんでな」

「……たとえ、死ぬことになっても？」

ぼくが聞いても、じいちゃんは平然とした様子だった。

「ああ、それでもかまわんな」

「じいちゃん、ほんとうなんだ。このままここに残ったら、じいちゃんは死ぬことになるんだよ。理由は話せないけど、ほんとうなんだよ……」

「ものわかりが悪ぃな。孫の嘘はわかるって、さっきから言ってんだろうが」

「だから、嘘なんかじゃ……！」

「だから、嘘じゃねぇのがわかるって言ってんだ、ばかやろーがよ。ここで死ぬ？　だからなんだよ。おめぇ、わしが今年でいくつになったと思っていやがる。まだまだ時計は作り足りねぇが、だからって満足いってねぇわけでもねぇ」

じいちゃんの一喝は、とても病人とは思えない声だった。

不機嫌そうに鼻を鳴らして、じいちゃんは顎で扉を指した。

「いいから行けよ、キア。とっとと行け。生き死にがどうって話なら、なおのことだ」

「……じいちゃんは、ほんとうに来る気がないの？」

「しつけぇ野郎だなぁ。あいつに先立たれたときのわしをみているみてぇで、むかっ腹が立つぜ」

じいちゃんは、窓際の写真立てに目をやった。

若いころのじいちゃんと、その奥さん——ぼくは会ったことのない「ばあちゃん」

がうつった写真だ。

ふたりは、生涯こどもができなかった。ばあちゃんは病気で早逝してしまい、じいちゃんはそこからずっと独《ひと》り身《み》だった。

ぼくは、じいちゃんがひとりになってから転がりこんだ存在だ。

もうにどと会えないのかと思うと、ぼくの足が勝手に震え出した。そんな情けない姿をみても、じいちゃんの意志は変わらないようだった。

だったら——とぼくは思った。

だったら、せめて、最後に言うべきことを言わないと……。

「じいちゃん……あのときぼくのことを拾って、ここまで育ててくれて、ほんとうに感謝を……」

「あーあー！　うるっせぇな、このなよなよ野郎がよ。んな水くせぇ話、わしは一秒たりとも聞きたかねぇよ。がきはな、てめぇのことだけ考えてりゃいいんだよ。とくにおめぇの場合はな、キア」

おら、こいつをもってけ、とじいちゃんがとある物を渡してきた。

それは、見覚えのある箱だった。ここ数か月、じいちゃんが工房にいたころからいじっていた作品だ。みごとな装飾の施された箱だけど、中身はわからなかった。

「形見ってやつだ。おめぇもいっぱしの職人なら、うまく開けてみろ」

「じいちゃん……！」

「じゃあな、キア。振り向くんじゃねえぞ」

大きな掌《てのひら》が、ぼくの肩を回して、背中をどんと押した。

ぼくは、目をつむって走りだした。

病院を出てからも、ぼくは言われたとおり、振り向かずに駆けていった。

＊

リンネ市の東は、旧市街と呼ばれている。

戦争時のおもな防衛方面だった影響で、建築には当時の影が色濃く残っているからだ。

敵を見張るための高台も、大砲を設置していた城砦《じょうさい》も、戦争を忘れないためにとわざと残されているが、大半のひとにとっては、ただの日常の景観にすぎない。

門の傍で彼女を待っているぼくからしても、その認識は変わらなかった。

ただの古い街。

……たいして価値のない街だ。

「言われたとおり、来たわよ」

声がして、ぼくは顔を上げた。

エルザはおめかししていた。青いワンピースを着ている。つばの広い白い帽子は、一年ほど前にぼくがプレゼントしたものだ。

「ありがとう、来てくれて」

「ほかになにか言うことがあるんじゃないの」

「その帽子、気に入ってくれているみたいでよかった。やっぱり似合っているよ」

「あのキザ男といっしょに選んだんでしょ、知っているんだから」

そのとおり、センスのいいライオネルに買い物を手伝ってもらったのだった。

「行こう、エルザ」

ぼくはエルザの手を取って、門の外に連れだした。

そこには、一台の車が停めてあった。ぼくたちがピクニックと呼ぶ場合は、ここから数十キロほど離れた場所にある、国営の自然公園の湖畔を指している。バスも出ているが、最近は車を借りて行くことのほうが多かった。

「……これって、高級車じゃないの？」

今回ぼくが選んだのは、性能のいいオープンカーだった。できるだけ足がはやい乗り物がいいというのが理由だったが、もちろん、ぼくはそうは言わなかった。

「たまには、こういうのもいいと思って。ぼくたちも、もうこどもじゃないしさ」

「あたし、無駄遣いは好きじゃないんだけどなー」

「気に入らなかったかな」

べつに、とすました顔で言うと、エルザは助手席に乗りこんだ。

ぼくは時計を確認する。時間は、じゅうぶんに余裕がある。

車に乗りこむと、ぼくはエンジンを始動した。

そうして、ぼくの逃避行がはじまった。


もしもなにも考えたくないときは、ほかの作業に集中することがいちばんだ。

その昔、路地裏で過ごしていた時代に思いついた方法だ。当時のぼくはガラクタを拾い集めていた。魔鉱《フォージ》を素材にした廃棄物を業者に渡すと、わずかばかりのお金がもらえたのだ。その作業を、ひたすらに無心で繰り返していた。

今のぼくも、同じように無心で運転している。

長い荒野の一本道で、なにも考えずにハンドルを握り、アクセルを踏んでいる。

都市と都市を繋《つな》いでいるのは、この長い長いカントリーロードだ。それと、向こうに敷かれている鉄道。

広大で、なにもない、自由な外の世界。

「それでね、そのときミリシャが言ったのよ、あたしにその男の子の胸の内を探ってきてって。あたし、その手の話題は避けていたんだけど、とうとう逃げられなくなっちゃったわけ。なんでかっていうとね……」

助手席ではエルザがともだちの話をしている。

エルザは人気者だ。でも、ほんとうに仲良くしているともだちは数人とのことだった。紹介されたこともあるが、彼女たちは、あまりぼくのことはよく思っていないようだった。エルザにはもっとふさわしい男がいると思っているようだった。

「ねえ。キア、ちゃんと聞いているの？」

「聞いているよ」

「ほんとうに？　なら、どうしてあたしが避けていたのか言ってみなさい」

「その男の子が、べつの子のことを好きだって知っていたからだろ」

エルザの鋭い視線が横顔に刺さるのを感じる。

でも、非難される謂《いわ》れはない。だって、ぼくはきちんと話を聞いている。

というより、情報を耳に入れて、脳にインプットしている。

それは、余計なことを考えずとも可能な技だ。

「まあいいわ。さあ、あたしはたくさんしゃべったわよ。次はキアの番ね」

「とくに新しく話せるようなことはないよ」

「なんだっていいのよ。仕事のことだって、なんだって。そういえば、前に会ったときは、なにか市から大きい依頼が来たって言っていなかった？」

前に会ったときの話。

そう聞いて、ぼくは記憶を探った。

最後にエルザに会ったのは、いつだったのだろう。そのときに、ぼくはなにを話していたのだろう。市から受けた大きな依頼とは、なんのことだろう。

すぐに思い出した。

時計塔の修理。

そのために塔にのぼった。ぼくは、日々の悩みを憂いながら、幸せに黄昏《たそがれ》の街を眺めていた。そうしていたら、地鳴りがして。

巨人が、あらわれて――。

「……ッ、ハァッ」

「どうしたの、キア！」

突然、呼吸が乱れてしまう。

車体がぐわんと蛇行する。ハンドルを握ったまま身を丸めてしまったせいだ。ぼくはどうにかまっすぐに戻した。速度をわずかに落として、目の前に集中する。

「お願いだ、エルザ。ぼくの話はいいから、きみの話をしてほしい。なんでもいいから、話し続けて」

頼むから、ぼくになにも思い出させないで。

「キア。やっぱり、あなた変よ。とりあえず止まりましょう？」

「いやだ」

止まりたくない。ただの一秒だって。

「だめよ、止まって。ほんとうは、あとでちゃんと聞くつもりだったんだけど、そうも言っていられないみたい。だって、こんなキアみたことないんだもの」

「いやだって言っているじゃないか！」

「あたしのほうこそいやなのよ。ねえ、どうしてそんなに不安そうなの？　さっきから時計をちらちら覗いて、まるでなにかから逃げているみたい」

そのとおり、逃げているんだ。でも、逃げてなにが悪いんだ。

じいちゃんだって、逃げていいって言っていたんだ。

じいちゃんだって……。

「いいから車を止めて。止めなさい、キア」

「いやだ！　ぼくはこのまま行く！　絶対に、だれがなんと言おうとも、止まらないぞ！」

要望を聞いてくれないエルザにいらついて、ぼくは車の速度を速めた。せっかくの高級車なのだから、その性能を限界まで出してやろうと決める。

それでいいんだ。今は、逃げるべきときなのだから。

ぼくは、ちからのかぎりアクセルを踏みこんだ。

それなのに。

「……え？」

どういうわけか、車は速くなるどころか、徐々に遅くなっていった。少しずつ速度メーターの針が傾いていき、しまいには完全に停止してしまった。

「よかったわ、キア。ちゃんと言うことを聞いてくれたのね」

「そういうわけじゃないよ。ち、ちょっと待っていて！」

ぼくは急いで車を降りた。エンジントラブルかなにかだろうか。思わず舌打ちをしてしまう。なんてタイミングが悪いのだろう。

ボンネットを開けて、全体を点検する。

車の構造は把握しているつもりだが、ぼくはこの道のプロじゃない。もしも電子制御システムの故障だったら最悪だ。その場合、ぼくには手の施しようがない。

「ど、どこが原因なんだろう。イグニッションコイルのところ、だいぶガタがきていそうだけど……。あ、ひょっとして燃料供給のほうかな」

「キア」

「エンジン内部だとしたら、だいぶめんどうだぞ。とにかく、片っ端からあやしいところをみていって……」

「キアってば」

エルザは車を降りてしまっていた。

それどころか、大きなバスケットを抱えている。

「故障しちゃったならしょうがないじゃない、いさぎよく諦めましょ」

「でも、どうするのさ、こんななにもないところで。レンタル会社に連絡も取れないし」

「いつか車が通りかかるでしょ。いざとなったら、途中にあった民家に助けてもらってもいいし。それより、あたしおなかすいちゃった」

エルザが向こうのほうに歩いていく。

北の方面に広がっている、一面の麦畑の手前に赤いチェック柄のシートを広げると、バスケットのなかから次々と物を取り出して、置いていった。

こうなると、もう止めようもない。

しかたなく、ぼくは手伝いに向かった。

「湖じゃないよ、ここ。つまらない場所だ」

「あたしは好きよ、麦畑。普段街にいると、こうやって太陽をいっぱいに浴びている自然のものが、いちばんきれいに感じるわ。お店で扱っているお花だって、ただ入荷を待つんじゃなくて、ほんとうは自分たちの手で摘みに行くほうがずっといいの」

さあ食べましょう、とエルザは木の箱をあけた。

そこにあったのは、カラフルなサンドイッチだった。わざわざ作ってきてくれたようだ。時刻はとっくに正午を過ぎていて、ぼくのおなかが鳴った。

ぼくは座ると、ひとつ手に取って、すぐに食べきってしまった。もうひとつも、すぐに食べてしまう。よく塩の利いたベーコン、さわやかな酸味のトマト、ふわふわのポテトサラダ。エルザの作るサンドイッチは、どれもこれもなつかしく感じられた。

それは錯覚じゃない。実際に、ひどくなつかしかった。

ひとりで孤独に過ごした時間の長さを思うと、ぼくはうまく呼吸ができなくなる。

「そんなに急がなくていいのに。喉を詰まらせるわよ」

春のようなエルザの笑顔さえも、遠い記憶のなかに眠っていたものだ。

——帰ってきたんだ。

ぼくは日常に帰ってきて、そしてもう、どこにも行かなくていいんだ。

工房で頭を悩ませる必要も、苦悩に爪を噛《か》む必要も——死ぬ必要だって、ない。

そう思うと、涙が出てきた。

女の子の前では、とくにエルザの前では泣きたくなどないのに、ぼくは泣き虫で、頬を伝うものが止まらなかった。

顔を隠すぼくを、エルザが正面から抱きしめた。

「つらかったのね、キア。こんなにボロボロになるまでがんばって……」

「ぼくは、がんばったんだよ。ほんとうなんだ。ひとりでずっと、努力していたんだ。でも、だめだった。なにをしても、あいつには勝てなかったんだ……」

「キアは、ずっと戦っていたの？」

「うん。でも、もう無理だ。ぼくにはもう、なにもできることがない……ごめんよ、みんな。ごめん、じいちゃん。こんなぼくで、ごめん……」

エルザは、なにもわからないだろうに、ぼくが吐き出す胡乱《うろん》な言葉を、ただ静かに聞いてくれていた。ぼくは敗北した――あらためて言葉にすると、身中を燃やすような激しい悔しさと無力感に、ぼくはますます耐えきれなくなった。

四千回以上。途方もないほどの回数、同じ朝を迎えて、それでも勝てなかった。

ぼくは、役立たずだ。

こんなぼくを、だれかが認めてくれることはない。

ひとしきり涙を流すと、急激に眠気がやってきた。

それは無視できないほどの倦怠《けんたい》感で、ぼくはどさりと横になった。

「眠たくなった？　それなら、休んだらいいわ。普段の寝不足が祟《たた》ったのよ」

「いや、そういうわけにはいかないよ。ぼくたちは、もっと遠くに行かないと……」

「往生際が悪いわね。ほら、いらっしゃい」

ぼくは起きるつもりだったのだけど、エルザがぽんぽんと自分の膝を叩いたから、それがとどめになってしまった。

黄金色のライ麦畑に、空を舞う二羽の鳥に、頬を撫《な》でる優しい風のほかには、ぼくたちの周囲にはなにもない。

これがきっと、ぼくの求めていたものだ。

これこそが、ぼくの求めていた平和なんだ……。

そんなふうに思いながら、ぼくは瞳を閉じた。

*

キアという少年がどこから来たのかは、当人でさえも知らなかった。

記憶をさかのぼると、そこにはふたりのおとなの後ろ姿がある。きっと両親だったのだろうと思う。彼らは、大急ぎで荷物をまとめていた。

どこかへ逃げようとしていて、ぼくを置いていったかのようにみえる光景だった。

当時のぼくはまだ言葉を持たず、ゆえに真実がわかることもなかった。

孤児というのはどこにだっている。不幸な背景を持つこどもなんて、べつにたいしてめずらしいものじゃない。

ただし、ぼくはちがった。ぼくは、最終的には幸運な人間だといえた。

じいちゃんが、ぼくを拾ってくれたからだ。

ぼくはさまざまなことを思い出す。

はじめて触れた工房の炉。工具。無数の時計、たくさんの写真立ての感触を。文字の意味を理解して、一部の魔鉱たちのなれの果ての話を聞いたときのことを。

ぼくが必死に勉強したのは、まちがいなく、自分の存在意義のためだった。

ぼくは、自分が拾われた意味を理解していた。

こどものできなかったじいちゃんのために、立派な跡継ぎとなること。

じいちゃんのご先祖たち、ぼくとは血縁的に関係のない一族のお眼鏡にかなうだけの、一流の職人となること。

さいわいなことに、ぼくは勉強が好きだった。ぼくは人間よりも数字が好きで、運動よりも読書が好きだった。だから、修練は苦ではなかった。

乾いた布が水を吸うように、ぼくは次から次へと新たな知識を身につけていった。

そしてぼくはいつのまにか、さらに多くのものを求めるようになっていた。

人間とは贅沢《ぜいたく》な生き物だ。昔は、屋根のある家に住むことが最高の望みだったのに、いざ満足に衣食住が与えられると、またさらなる欲求が生まれる。

いつしか、ぼくは外の世界にあこがれていた。

海の向こう、ケアノス市。

魔鉱学の聖地。世界じゅうの職人たちの権威である、大学校のある学術都市。

はじめは、そこで学ぶことが工房のためになると思った。だが、そうではないことに気づいたのは、すぐのことだった。

遠いケアノス市は、行ってすぐに帰ってくるなんてことはできない。

最低でも数年は工房を空けることになる。ぼくがいなくなれば、老齢のじいちゃんはどうなるのだろう。エルザは、どういう選択をするのだろう。

そう時間も経《た》たないうちに、ぼくは考えをあらためた。

行く必要なんてないさ。ただの時計工房の職人をやるには、大学の勉強なんて過ぎた知識だ。今以上の環境を、ぼくが求める必要はない。

だから、ぼくは身の丈に合わない欲求を箱に入れて、心の奥底にしまった。

だというのに、ぼくのこころはどこかに引っかかったままだ。

逃げるという言葉が、頭のなかで残響する。

「逃げるんじゃねえぞ」と「逃げたっていい」。どちらも、じいちゃんから聞いたものだ。どうして、そんな矛盾するようなことを言ったのだろう。

ぼくにはわからないことだらけだ。

ループする前も、したあとも、ひとりではわからないことばかりだった。

だからこそ、だれかに教えてもらいたかったというのに、ほんとうにぼくの頭を悩ませた事象は、この世のだれにも共有することができなかった。

結果、ぼくが得たものといえば、無駄で苦しいばかりの、死の繰り返しだけだ。

ぼくは——と、声を出す。

「ぼくは、どうすればよかったんだ……」

暗闇は、なにも返してなどくれなかった。夢のなか、闇の向こうにあらわれた赤い瞳、巨人の持つ無機質な眼差《まなざ》しに吸い込まれて、ぼくは目を覚ました。


「——なにか言った？　キア」

寝言が漏れでもしたのか、目を開けたと同時に、エルザにそう聞かれた。

残念なことに、あまり頭がすっきりしたわけではなかった。

日は傾きはじめていた。どうやら、けっこう長く眠ってしまったようだった。

エルザの帽子が作る影が、ぼくの首筋で陽の境界線を作っていた。陽が当たっていたところはほんのりと熱く、ぼくは少しからだが汗ばんでいることに気づいた。

膝枕をしてくれていたエルザには、それを気にする様子はなかった。

むしろ、ぼくには気を払ってもいなかった。

彼女は、手元の道具に夢中になっていた。

それは、じいちゃんがぼくに渡してくれた箱だった。

「エルザ、それって……」

「ああ、これ？　勝手に借りちゃって、ごめんね。でも、キアったらぜんぜん起きないんだもの、暇になっちゃって。なにか本でも持ってないかなと思って荷物をあけたら、みつけたの。おもしろいパズルね、これ」

「パズル？」

ぼくは起き上がると、エルザの手元を覗いた。

それは、たしかにパズルのようだった。

箱のなかの部品は可動式になっていて、それぞれに干渉し合っている。うまく配置をずらせば、何層かに折り重なっている箱の底が開いていく作りのようだ。

いかにもじいちゃんらしい作品だ、とぼくは思った。

じいちゃんが作る時計は、多くがからくり装置を内蔵していて、意外な方法でお客さんを楽しませるものばかりだ。機構のシンプルさとデザインのシャープさを突き詰めるぼくとは、正反対の制作観といえた。

それでも、同じ職人として、じいちゃんの作品には興味を惹《ひ》かれる。

「これね、途中まではあたしにもわかったんだけど、ここの部分で止まっちゃったの。

キア、わかる？」

「みせてみて。……あ、わかった」

「はや！」

「これ、時計の仕組みをなぞらえているんだよ。必要な輪と、そうでない輪があるんだ。エルザがいじっていたのは、フェイクのほうだね。ほんとうに動かさないといけないのは、こっちの脱進機構のほうだと思う。だから手前のところで、ぜんまいが噛み合うように調節してやれば……」

「あ、進んだ！　はー、すごいのねえ、職人って」

「たんに慣れているだけだよ。それに、じいちゃんの考えるようなことは、ぼくにはわかるし……」

途中で、ぼくは言うのを止めた。

嘘だ。ほんとうは、わかっていないことだらけだ。

どれだけ無視しても、病室でぼくを追い出すじいちゃんの姿が頭に浮かんでしまう。そうすると、ぼくは居ても立ってもいられなくなる。

目の前のパズルに集中して、どんどん解いていっても、頭のなかの映像も、考えも、どこかへ行ってはくれなかった。

「また泣いているの？　ほんと泣き虫ね、キアは」

「うん……。こんな自分が、ほんとうにいやになるよ……」

「そうなの？　あたしはべつに、いやじゃないけどな」

俯《うつむ》いていたぼくは、意外な意見に顔を上げた。

「だって、そうじゃない？　涙もろいって、優しいってことじゃない。それに、キアは泣き虫かもしれないけど、弱虫じゃないもの」

普段なら元気をくれるはずのエルザの笑顔が、ぼくには直視できなかった。

「……弱虫だよ、ぼくは。ぼくは負けて、逃げてきたんだ。エルザには、わからないかもしれないけど。ぼくは、自分がまちがったことをしているってわかっているのに、それでも逃げ出したんだ。じいちゃんのことさえ置いて……敗走者そのものだ」

必死に考えないようにしていたことが、ぼくの頭のなかを支配していった。

こんなことは、まちがっている。

絶対に、ぼくは誤っている。

巨人は、かならずきょうもやってくる。そして、街は完膚なきまでに破壊される。火の海のなかで、みんなが死んでしまう。

その光景から目を背けるために、ぼくはパズルを解き進めていった。

「キア……おじいさまと、なにかあったの？」

その質問に、ぼくはうなずいた。

「ぼく、じいちゃんの自慢の孫になりたかったんだ。拾ってくれたんだから、ここまで育ててくれたんだから、失望させたらダメだって、むかしから思っていたんだ」

そうなれたのかどうかは、もうわからない。

ひょっとしたら、未来永劫《えいごう》わからないのかもしれない。

「……ぼくは、ほんとうはじいちゃんに、叱ってもらいたかったのかもしれない。いつもみたいに、逃げるなって怒ってもらいたかったのかもしれない。そうしたら、まだがんばれるかもしれないって。でも、じいちゃんは怒らなかったんだ。やっぱり、じいちゃんは、もうぼくに愛想を尽かしたのかな。こんな弱虫、育ててやった甲斐《かい》がないって、思われたのかな……」

肩を震わせるぼくの顎に、エルザが優しく手を当てた。

くい、と持ち上げられる。

その顔からは、さっきの笑顔は失われていた。

むしろ、眉を吊《つ》り上げて怒っていた。

「キア。あなたってば、自由に話させていると、ずいぶんと好き勝手を言うのね」

「エルザ……？」

「あのね、キアが落ちこんでいるのはべつにいいのよ。人間だれしも、そういうときはあるもの。でも、まちがったことを言っているのは聞き捨てならないわ。いい？

次に、あなたのおじいさまが、あなたを蔑《ないがし》ろにしたようなことを言ったら、あたしがかわりにひっぱたくわよ」

ひっぱたくのとそう変わらない強さで、エルザはぼくの顔をハンカチで拭った。ひりひりと腫れる皮膚に、冷たい指の腹が触れる。

「あなたとおじいさまは、互いに愛し合っている立派な家族だった。そうでしょ？それとも、キアは自分とおじいさまの血が繋がっていないから、そのぶんだけご機嫌を取らなきゃいけないと思って、あんなに足繁くお見舞いに行っていたの？」

「ち、ちがうよ！　ぼくは、単純にじいちゃんが心配で……」

「ならおじいさまだって、同じぶんだけ、純粋にキアのことを気にかけているのよ。自分に向けられている愛情を無視したらだめよ。そういう不義理は、このあたしが許さないからね。わかった？」

そう言葉にするエルザの顔は、記憶のなかよりもずっとおとなびてみえた。

そのとき、ぼくは奇妙な感じがした。その成長を、ぼくたちがしばらく会っていなかったせいのように思ってしまったが、実際にはそうではないと気づいたからだ。きっと、エルザはぼくが気づかないあいだに、きちんとした大人の女性に成長していて、ぼくよりもずっといろいろなことを理解しているのだろう。

その証拠に、ぼくはなにも言い返すことができなかった。

うなずいたぼくの頭を、エルザは撫《な》でた。

「それにね、キア。あなたがこれまでがんばったこと、おじいさまはきっと認めてくれているわよ。ほら、そんな難しいパズルもすぐに解いちゃうし」

「え？」

あらためて手元をみて、ぼくは驚いた。

こちらの知識を試すようなパズルの問題を、ぼくは息をするように解いてしまっていたようだった。それは、ほとんど無意識の所業だった。

「ねえ、このパズル、きっともう終わりのほうなんじゃない？」

「う、うん。でも、これはどういうことなんだろう」

最後の仕組みは、ぼくにはあまりピンとこなかった。

錠前を模してある板が持ち上がれば、それでクリアのようだけど、この部分はおそらく時計の機構とは無関係だ。

気になるのは、箱の裏側。底の部分に空いている二十個ほどの穴だ。試しに指を挿《さ》してみると、錠前の鍵穴の内部に仕組まれている液体がわずかに増える。

どうやら油圧式の仕掛けのようだけれど、ぼくの両手の指は、最大でも十本しかないわけで……。

ひょっとして、とぼくは気づく。

「エルザ、ぼくといっしょにこの箱を持ってくれないかな。両手で、ここの穴に指をいれるような感じで……そう」

「こう？　って、あ、なんか動いたわよ！」

錠前のなかに液体が溜《た》まりきり、ガチャリと音を立てて底が開いた。

やっぱりだった。

最後の問いは、どうやらひとりで着手していると開かない仕組みのようだった。だれかに協力してもらわなければ、最後の問題を解くことはできない。

ひとりでばかり物を進めるぼくに対する、ちょっとしたメッセージを感じる作りだ。

じいちゃんめ……と思いながら、ぼくは蓋を開けた。

そこに入っていたものをみて、すぐに文句は消えてしまった。

まだ若いじいちゃんと、両親のモノクロ写真。

じいちゃん夫婦が結婚したばかりのころの写真。

拾われて間もないころのぼくと、じいちゃんの写真。

時系列で、家族の写真が並んでいた。

その中央では、とても人間業とは思えない、極小サイズの時計が稼働している。

さらに、その下には文章が彫られていた。

「よくからくりを解いたな
褒美にアトリエ・サインはおまえにやる
ただし　次の条件を守れたらだ

キア・アンティ
逃げるなよ
自分の心の声からはな
それ以外はなにをしたっていいが　てめぇの心だけは無視するな
もし必要なら　あんな古くせえ工房も畳んじまえ

孫が羽ばたいて悲しむジジイはいねえよ

おれの世界一の孫へ　しみったれの祖父より」

……。

……ずるいな。
ほんとうに、ずるいじいさんだ……。

「どうしたの、キア。その箱のなか、いったいなにが……」

エルザは、ぼくの顔を下から覗きこむと、口元をほころばせた。

「――愛しているって、書いてあった？」

「……まあ、そんなところ」

「ふふ、だから言ったでしょ。キアのおじいさま、ロマンチックね。街に帰ったら、いっしょにパズルのお礼を言いましょう」

「エルザ」

「ん？」

「……ちょっと、叫んでも、いい？」

ぼくの質問に、エルザは目をまるくした。それから、肩をすくめる。

「いいんじゃない？　せっかくの外だもの、好きにしたら」

許可をもらって、ぼくは立ち上がった。

思いきり息を吸って、黄金一色の畑に向けて、ぼくは声を吐き出す。

言葉にならない声を、ぼくは全身全霊で吐き出した。

大声が、風に乗り、麦たちをはためかせて、大地の向こうへ跳んでいく。

そのなかには、ぼくのすべてがあった。これまでの苦労も、際限のないループも、
そこで経験した暗い死も、その前に経験した楽しい思い出も、甘い記憶も、苦い過去

も、無視してきたものも、おさないころの夢も。

そして、出し切ったと思っても、それらは依然としてぼくのなかに残っていた。

だからこそ、ぼくはその感情を端から見定めて、観察することができた。

ぼくは、ぼく自身を切り離すことはできない。

やりたかったことも、つらかったことも、変わらずぼくのなかで息づいている。

そのなかで強く訴えかけてくる声のことなんて、よくわかっている。

ぼくは、だれにも死んでほしくなんかない。

自分たちだけが助かっても、なにも嬉《うれ》しくなんてない。

それだけじゃない。

ぼくのなかの声には、ほかにも絶え間なく訴えているものがある。

「エルザ」

「なに？」

「ぼくは、やっぱり泣き虫で、弱虫だと思う。だってすぐに泣くし、負けもする。それでも、やっぱり悔しいものは悔しいし……やられっぱなしも、いやだ」

「そう。まあ、あたしはそういうの、弱いとは言わないと思うけど、キアが自分で納得しているなら、べつにいいと思うわよ」

「だから——逃げないように、向き合う練習を、したい」

ぼくはエルザのもとに戻ると、膝をついた。

手を取ると、エルザは動揺した。

自分のこころと向き合うのは、こわい。それでも、思いきってぼくは言った。

「エルザ。じつはぼく、ケアノス市に行きたいんだ」

「え？」

「東にある、学術都市だよ。あそこにはおおきな大学があって、魔鉱学についてなんでも学ぶことができるんだ。べつに、ただの時計職人にはいらない勉強なんだけどさ……でも、やりたいんだ。ぼくは魔鉱が好きだから、もっと知りたいんだよ」

きょとんとした顔のエルザが、ぷっと吹き出した。

「なによ、いまさら。そんなの、とっくに知っているわよ」

「え、そうなの？」

「だって、むかしはよく言っていたじゃない。今だって、ケアノスって言葉が耳に入ると、挙動不審になるし」

そういえば、ライオネルにも同じようなことを言われたような……。

隠しごとができない自分が、なんだか恥ずかしかった。

「言うのがこわかったんだ。じいちゃんのこともあるし、それに、エルザのことも」

「あたし？」

「そうだよ。だって、行ってすぐに帰ってくるってわけにはいかない。きっと、最低でも数年は向こうで勉強することになる。でも、そうなるとエルザが……その、きみはとても人気だから、いったいどうなってしまうのか、こわくて……」

でも！　とぼくは声に出した。

「そういうところでうじうじしているのが、きっといちばんよくない！　エルザは優しいけど、男がそういう腑《ふ》抜《ぬ》けた態度でいるのには、たぶんかなりきびしい！」

「よ、よくわかっているじゃないの……」

「だから、ちゃんと言おうと思う。エルザのところのお花屋の近くに開いたらしいレストラン、そこできちんと伝えるんだ。正装して、ネクタイして、ちゃんと言うんだ。ぼくは向こうで勉強して、一人前の職人になって帰ってくるから。だから戻ってきたら――ぼくと、いっしょになってほしいって！」

エルザが、ぽかんと口を開けた。

ピーヒョロリ、と頭上の鳥がまぬけに鳴く。

その直後に、みるみる染まる赤い頬を、エルザは隠した。

「び、びっくりしたー……お、驚かせるじゃないの」

「ごめん」

「ああもう、困るわよ、いきなりそんなこと言われても。そりゃああたしだって、こういうときに気持ちよく送り出せる女でいたいけど、離れ離れになるのは嫌だし……だから、あんまり話題に出さないようにしていたのに……」

エルザはぶつぶつ言うと、真っ赤なままの顔を上げた。

「それにキア、どういうつもりよ。だってあなた、全部言っちゃったじゃない。あたしの返事も、今ここでいいわけ？　それだったら……」

「待って！」

ぼくは、エルザの口を手で塞いだ。

そのポーズのまま、左手首をチェックする。

時刻は、そろそろ四時四十分だ。

いつもの時間、太陽は徐々に傾いて、西へ向かっている。

その陽の光と同じくらい、ぼくの体内は熱く燃えていた。

──今、竜頭を押しこめば、きっと時計は応えてくれる。

そう直感すると同時に、ぼくはとある真実に気がついた。

ループの条件は、死にかけることじゃない。必要なのは、死に瀕《ひん》するときに生じる、あの燃え盛るような熱だったんだ。

時を戻る、そのために必要なだけの心の熱量《カロリー》だったんだ。

そして──今のぼくには、それがある。

「む、むー！」

いいかげん離して、というエルザの視線に、ぼくは詫《わ》びた。

「ごめん、エルザ――返事は、あしたのきみに聞くよ。約束だ」

ぼくは、時計に触れた。

酩酊《めいてい》するかのように、視界がくらりと揺らいでいく。

時を戻る感覚は、いつだって最低の気分だった。

でも、今回だけはちがった。

はじめて希望を感じながら、ぼくは時間の逆行の渦に呑《の》まれていった。

いつものように、ぼくはベッドでめざめた。

平穏なリンネ市の早朝。

まだ眠っている街の、まんなかにある、ぼくの愛する工房。

ベッドから降りると、ぼくは習慣で釘を手に取った。ほんの少し迷って、それでもやっぱり、皮膚に切っ先を押しつけた。

刻むべき数字を残すと、指と首の骨を鳴らして、アトリエに向かった。

最後の勝負をしかけるために。

永遠甚だしい

EIEN HANAHADASHII

サイゴノ日

Saigo no hi

サイゴノ日

EIEN HANAHADA SHII

時計塔からの景色は、普段となにも変わらなかった。

同じ角度、同じ時間で眺めるときは、流れゆく雲の位置さえも同じで、ともすれば頬を撫《な》でる風の吹き方さえも同じで、そこには一切の新鮮味がない。繰り返される毎日のなかで、同じ場所の景色が少し異なることの意義を、ぼくはそれとなく感じるようになっていた。

物事は、ずっと同じではつまらない。同じ時間に出ると、同じ通りに同じ人間が歩いている。同じ表情をして、同じ話をしていて、とても退屈だ。

だから、ぼくの抱く望みは、至極真っ当なものなのだろう。

次へ行きたいと願うのは。

あすへ行きたいと願うのは。

ぼくは双剣を足元に置くと、掌のなかの時計に目を落とした。何千回ものループのなかで、はじめて手首からはずした時計は、今も変わらずに時を刻んでいる。

あらためてみても、シンプルなデザインの時計だ。とても、人類史に残るような超越物《ビヨンド》の一種であるとは思えない。

それでも、これはまちがいなく、ぼくを幾度となく救ったものだ。

それでいて、ぼくを幾度となく殺したものだ。

もうずいぶんと前のこと――自分がこの手でやつを倒すしかないと気づいたとき、ぼくは自分に負けがないと確信していた。

理論上、まちがっているはずのない結論だった。

なぜなら、ぼくは繰り返すことができる。今回がだめでも、もういちどチャレンジすることができる。そうすれば、いつかはかならず目標に到達できる。

どれだけ遠回りでも、いつかは、かならず……。

だが、その『いつか』は、いつだってぼくの手元から零《こぼ》れ落ちていった。

いつからか、ぼくは簡単に今このときを諦めるようになっていた。今回はやめていい、次にどうにかすればいいいと。

なんども味わった敗北のなかで、舐《な》めさせられた辛酸の量で、ぼく自身が摩耗《まもう》していって、なにかを成すべき現在が失われていった。

ぼくの強みであり、ぼくの弱みでもあった、受け継がれたもの。

ぼくの進路であり、ぼくの退路でもあった、魔鉱《フォージ》の生み出した魔の極致。

時空を超え続けたぼくのことを、ずっと間近でみていてくれた、左手の相棒。

「ありがとう」

でも――。

「ぼくは、あすに行くよ。そう、約束したから」

ぼくは、かつて必要で、今はそうではない時計を手放した。

そう――不必要であるべき時計を。

塔の真下、けして取り返せない場所へと、時間逆行のトリガーが落ちていく。

これでいい。手に取れる場所にあったら、きっとまた頼りたくなってしまうから。

きらりと光を反射したガラスの面が最後に教えてくれたのは、四時四十分という時刻だった。

地面から顔を出した巨人《ギガント》を、ぼくは視界にとらえる。

いつものように伸ばしてきた腕に向けて、ぼくは跳んだ。

――これが、正真正銘の最後だ。


肉体を動かしながらも、ぼくが頭の片隅でものを考えることができたのは、やはりループのもたらした慣れのおかげだったのだろう。

巨大な敵を攻略しながら、ぼくはふしぎな感慨を抱いていた。

巨人《ギガント》。

腕時計と並んで、ずっとぼくといっしょにあった存在。

こいつが敵なのにまちがいはない。それでいて、ただの敵であるとも言いがたい。

なんども殺されたというのに、今のぼくには、やつを憎む気持ちはなくなっていた。

リバイバルは、魔鉱を求める。機能するために内部の魔鉱を消費している以上、外から栄養というかたちで新しく素材を取り込まなければならないからだ。

それは、彼らが生きているということだ。

あすのために、今を生きているということだ。

ぼくが呼吸をして、ものを食べているのと同じで、リバイバルも、みずからが活動するために必要なものを求めているだけだ。

それは悪なのだろうか？　たぶん、そうではない。ライオンが獲物を捕らえるのと同じで、人間が家畜を食べるのと同じで、それはきっと存在としての悪じゃない。

それどころか、もとをたどれば人間のせいだとさえいえる。

魔鉱が、ただおとなしく鉱脈で眠り続けるだけなのだとしたら、きっとリバイバルが生まれることもなかったはずだ。種としての彼らは、人間に奪われた自分たちの一部を取り戻しにきているだけだ。

しかし、だからといって、ぼくは命を差し出すつもりはなかった。

ここに善悪はない。互いの利益が相反するから、戦うしかないだけだ。

だから――。

そうつぶやいてしまったことさえ、ぼくのみにくいエゴだ。

「**ごめんよ**」

でも、それでいい。

あすに行きたいぼくと、あすも生きたいおまえ――自分勝手同士《生 者》の、これでようやく対等な関係になったと言える。

巨人の腕が、大きく奮い立った。

そのタイミングを知っていたぼくは、溜《た》めていた足のちからを解放した。

揺れ動いた地面の衝撃を利用して跳躍すると、巨人の眼前に向けて落下《ダイブ》する。

互いの眼が、視線が交差する。

ぼくはツナギの内側に秘めていた、最後の道具を取り出した。じいちゃんのからくり時計を模したもので、四角いかたちをした、ぼくの命運を分ける箱だ。

スイッチを押すと、表面の時計が逆転をはじめた。

チッチッチッと音を立てて、なめらかにカウントダウンを刻みだす。

無機質に光る赤い瞳が、ぼくを見据えている。

それは無垢《むく》であるとさえ言えて、ゆえに、その身を守ろうとはしなかった。

――ずっと、考えていたことがあった。

リバイバルは、どうやってこの世界を認識しているのだろう。巨人は、なぜぼくを敵対存在として認めていたのだろう。

遠距離狙撃も、近距離砲撃も、やつには効かなかった。それは、やつが自分に迫る危険を正しく認知していたからだ。

では、いったいどうやって危険の基準を作っていたのか。

それを、ぼくはずっと誤認していた。ぼくがやつに抱いている強い殺意が伝わっているせいだと、勝手にそう思いこんでしまっていた。

だが、そうではなかったのだ。

答えはもっと単純だ。

巨人がぼくを警戒していた理由。

それは、ぼくが武装していたからだ。

言い換えるなら、ぼくが装備していたものが、あきらかに他者を殺すかたちをしていたからだ。もっというなら、それらが武器の形状をしていたからだ。

戦争の怨念《おんねん》によって動くリバイバルたちは、人間たちの記憶を有しているといわれている。だからこそ、武器を武器であると正しく認識して、敵を排斥したり、身を守るための行動を適切に取ることができていたのだ。

以上を踏まえて、ぼくの導き出すべき解は、たったひとつだ。

そのために、双剣は塔に置いてきた。生身でつっこんでくるぼくのことを、今のやつは脅威をもって認識なんてしていない。

当然、今ぼくが取り出した物のことも、ことさらに警戒なんてしていない。

「これは、武器じゃない——ただの時計に、みえるよな」

運命の時間に至る数秒前。

ぼくは、手に持っていたもの——時限爆弾の本体を、思いきり投擲《とうてき》した。

冑《かぶと》を通過して、それは巨人の瞳に呑《の》まれていく。

その直後——。

世界が割れたかのような、すさまじい爆音が轟《とどろ》いた。

緩衝材を展開していたぼくは、そのクッションが地面に接触した瞬間、吹き抜ける爆風に身を転がされた。すぐさま広がった塵埃《じんあい》の向こう、遥《はる》か頭上では、靄《もや》のなかに隠された巨人が崩壊する直前の、最後のシルエットが映っていた。

それはほんの一瞬に過ぎず、ともすればぼくの幻覚かもしれなかった。

爆撃によって核《コア》が破壊されて、その内側にある凝縮されたエネルギーに引火するかのように、特大の衝撃が周囲を襲った。先に弾《はじ》け飛んでいた巨人の装甲の一部で懸命

に身を守っていたぼくは、無意識のうちに神に祈っていた。

人事を尽くした者が最後にできるのは、ただ天命を待つことだけだった。


いったい、いつまでこうしていればいいのか。

それとももう、すべては終わってしまっているのか。

いや、ぼくは死んでいない。死に瀕《ひん》していることもない。そう確信できたのは、これまでに幾度となく死にかけたせいだったのかもしれない。

周囲にちらばる瓦礫《がれき》の山、そのかたわらで、ぼくはゆっくりと身を起こした。半壊したマスクの一部を捨てて、周囲を確認する。

崩れた街の外壁。その陰から、困惑した表情の市民たちが顔を覗《のぞ》かせていた。

壁に隣接している民家が、倒壊していない。

ようは、爆発の二次被害はほとんどなかったということだ。

だから、つまり、それの示すところは……。


今にも倒れこみそうな肉体に鞭《むち》を振るって、ぼくは立ち上がった。

好敵手が遺した骸《むくろ》の上で、左手を突き上げる。

ぼくのこぶしに刻まれた最後の数字……途方もない回数で、なんの偶然か、縁起でもない数のカウントを、勝利の証《あかし》を――４４４４を、世界に掲げた。

それが、ぼくの永遠の終わりだった。

永遠甚だしい

EIEN HANAHADASHII

エピローグ

イツカノ日

Itsuka no hi

エピローグ

イツカノ日

EIEN
HANAHADA
SHII

『……続きまして、次のニュースです。昨年から議題に挙がっている、各市における魔鉱《フォージ》保有量の制限措置法、通称・魔鉱制限法の基準値の算出法が、国家平定委員会によって新たに定められました。同法は、昨年リンネ市において襲撃未遂となった規格外リバイバルの出現によって厳格化の動きにあり、基準値を超過した市に対し……』

車両内にラジオの音が流れていた。

ガタゴトと揺れる列車のなかは、そもそも静かとはいえなくて、だからこそラジオはたいした雑音ではなかった。少なくとも、本を読み進めるのに邪魔になるほどではなかった……のだが、いざニュースの内容が気になってしまうと、話はべつだった。

むしろよく聴きたくて、ぼくはとなりの席にちらりと目をやった。

座っているのは、ひとりのおばあさんだった。ひとり旅なのだろうか、小ぶりな赤のスーツケースに、便利そうな大きめのハンドバッグという荷物だった。

この列車は空いていて、ぼくたち以外に近くに客はいなかった。

おばあさんは、ぼくの目線に気づくと、ほのかな笑みを浮かべた。

「あら、ごめんなさいね。やっぱりうるさかったかしら」

「い、いえ」

先ほどラジオをつける前に、彼女は丁寧にことわりを入れてくれていた。

「むしろ聴きたかったんです。その、少し気になるニュースだったので」

「ああ、今の？　そうよねえ、こわい話ですものね」

おばあさんは同意してくれた。

「あなたも聞いたかしら？　先月は、西のネハン市でも、とても大きなリバイバルが襲ってくる事件があったそうよ。もっとも、去年のリンネ市ほどではなかったそうだけれど……。あの残骸の写真、ものすごかったものねえ」

「そうですね……ほんとうに」

相槌《あいづち》を打ちながらも、ぼくの耳は、やはりニュースに向いていた。そこまで聴き取れなかったけれど、どうやらぼくが望んでいた方向に話は進んでいるようだった。

魔鉱の含有量は、本来そこまで窮屈に考えなくてもいい問題だ。これまでの統計から、リバイバルの襲撃が増幅すると判断できる閾値《いきち》は概算できているからだ。

街の権力者たちが莫大な量を占有しようとしなければ、きっとだいじょうぶだ。国家法のレベルで厳罰化されるなら、悪い政治家たちも反抗はしないはずだ。

ともあれ、詳しいことはあしたの新聞に載るはずだ。今はそれを待つことにしよう。

ニュースが終わると、おばあさんはラジオの電源を落とした。

なんとなく気まずくなって、ぼくはたずねた。

「あの、どちらまで行かれるんですか」

「わたし？　わたしはエンギ市まで、息子夫婦に会いにいくの。来月、孫が生まれるから、それまで向こうで過ごすことになったのよ。あなたは？」

「ええと、ぼくは次の駅で乗り換えて、港町まで行くんです。そこから船に乗って、遠くのケアノス市まで……」

「まあ、そうなの！　それは、ずいぶんと遠くまで行かれるのねえ、大変ねえ」

なぜだか感心するように、おばあさんはしきりにうなずいた。

「みたところ、まだお若いのでしょう。故郷のご家族は心配されていない？」

「いやあ、どうなんですかね。祖父がいるんですが、むしろせいせいするって感じで蹴り出されたので、あまり心配はしていないんじゃないかと」

その受け答えに、おばあさんはころころと笑った。

「どちらかといえば、ひとり残してきて、ぼくのほうが気がかりなくらいです。去年、病気をしていたものだから」

「そうなの。でも、きっとだいじょうぶよ。老人ってね、外見よりも元気なものなのよ。わたしも、去年はちょっと心臓が悪くてお医者にかかっていたのだけれど、治ってみたらこのとおり、ひとりでどこまでだって行けるもの」

おばあさんの笑顔は、たしかにとても元気そうにみえた。

ぼくも、もうここまで出てきてしまった以上、心配してもしょうがないというのはわかっている。

それに、退院後のじいちゃんときたら、それまでが嘘《うそ》だったみたいに活力を取り戻していた。病院から帰ったその日のうちにかなづちを手にして、勢いよく魔鉱を叩《たた》きはじめたくらいだから、まちがいなく演技でもなかったはずだ。

「へっへ、やっぱここがいちばんおもしれぇなあ。おい、なんならもう帰ってこなくてもいいぞ、へなちょこ孫。ここにある魔鉱は、病院で溜《た》まりに溜まったアイデアを出し切るために、わしがぜんぶ使うからな」

そんな憎まれ口まで叩く始末だった。思い出すと腹が立つけど、とにかくあの様子なら、しばらくひとりで工房を回すことはできるだろう。

なんといっても、ライオネルが定期的に様子をみに行ってくれるらしいから、なにかあればすぐに連絡をくれるはずだ。

「訪問一回ごとに一万、おまえにつけとくからな」

「ひとを破産させるつもりか！」

「くっくっ、冗談だ。それに、おまえのところのじいさんは、竹を割ったような性格で嫌いじゃないしな。少なくともおまえよりはずっと話しやすい」

「それが見送りのときに言う最後の言葉でいいんだな！」

「おっと、そいつは困る。おまえには、きちんと約束を取りつけておかなければな。「──職人キア・アンティよ。留学から戻ってきた暁には、この偉大なる狩人《かりうど》ライオネルイオネル・ハスカーのために、習得した知恵と技術をあますところなく駆使した、すばらしい武器を作るように」

キザに笑う幼なじみには、拳を突き合わせることを強要された。

ぼくはべつに武器作りのために勉強しに行くわけではないのだけれど、それをきちんとわかっているのだろうか。帰ったあとにあいつが満足するようなものを作れるかどうかは微妙なところだ。

つい数日前の旅立ちの日のことを思い出していると、車内放送があった。

もうまもなく、次の駅に到着するというアナウンスだった。

「ま、まずい。もうこんな時間だったのか」

ぼくは、腕時計を確認した。

ずっと着けていたあの時計ではない。半壊した時計は、直して工房に置いてきている。これは、あの事件のあとに自分でいちから作ったものだ。

ぼくのアトリエ・サインが入った文字盤は、たしかに予定時間を報《しら》せていた。

「あの……」

焦るぼくに、おばあさんが声をかけてくる。

「だいじょうぶなの？　お連れのかた、席を立ってしばらく経《た》つようだけれど……」

そのとき、ちょうど車両の扉が開いた。

あらわれた人物に、ぼくは声をかけた。

「エルザ！　よかった、間に合って。でも、もう降りないと」

「わかっているわよ、それで戻ってきたんだから。ねえ、キア、やっぱり二階席から外をみてもだめだったわ。ここからだと海はみえないみたい」

「だから、ぼくはそう言ったじゃないか。このあたりは山間になっているから、町に着かないとみえないんだって」

「それでも、自分の目でたしかめたかったの！」

べーと舌を出すエルザは、おばあさんの視線に気づくと、きゅうにはずかしそうに縮こまった。今さらお嬢さまぶって、スカートを持ち上げて優雅に一礼なんかする。

ぼくも倣《なら》って、おばあさんにぺこりと頭を下げた。

「いいわねえ。新婚旅行かしら？　若いころを思い出すわあ」

「あはは。旅行、っていう長さになるのかはわからないですけど……でも、はい、ありがとうございます」

つばの広い帽子をかぶろうとするエルザの左手には、ぼくと同じ指輪と、お揃《そろ》いの腕時計がついている。


下車すると、エルザはスーツケースを引いてどんどん先に行ってしまった。

「ま、待ってよ、エルザ！　そんなに急がなくても、乗り換えの時間はもっと先だよ」

「ほら、キアも急ぐのよ。はやく、はやく」

「どうしてさ！」

「だって、はやくみたいじゃない、海！　この街の高い場所だったら、みられるんでしょう？　いったん外に出て、海をみて、それから駅に帰ってきましょう」

ぼくは、あきれてしまった。

「海なんて、これから先、いやってほどみられるよ。次に乗る列車でもそうだし、船になんて乗ったら、もうずっと海尽くしだよ」

「先のことは先のことよ。あたしはたった今、みたいの。もう、遅いわね、ほら！」

エルザが立ち止まり、手を差し伸べてくる。

それを掴《つか》もうとすると、エルザはぼくの手の甲に目線を落とした。

「……結局、残っちゃったわね、この傷」

「え？　ああ、うん、そうだね」

そこには、まるで数字のようにみえるふしぎな傷が走っている。

もう新しく刻まれることも、消えることもない傷が。

「あの日……あの巨大リバイバルが来た日にできちゃった傷なんでしょ。キアったら、危ないのに真っ先に現場に行っちゃったんだって？　だめよ、リバイバルなんて、なにが起こるかわからないんだから、あまり軽率なことをしたら」

「わかっているよ。……連中の危険さは、ぼくにはよくわかっているつもりさ」

「ほんとうでしょうね。あ、あ、愛する若奥さまを未亡人にしたくなかったら、今後は危ないことは控えるようにしてね」

「自分で言っておいて照れるのはどうなの……」

とはいえ、ぼくもいまだに、この夫婦関係というものには慣れないんだけど。

リンネ市を襲撃に来て、そしてなぜだか未遂に終わった、超巨大リバイバルの出没事件。奇跡的に被害者なく幕を閉じた事件は、それでも街をおおいに騒がせた。

市外に避難をはじめるひとたちがあらわれたり、狩人たちが武器を新調して大規模なパトロールを開始したり、魔鉱で私腹を肥やしていた市長が責任を問われたり。

ざわつく街の片隅で、ぼくはエルザと食事に行って、一大決心の話をした。

その結果は、半分は希望どおりで、もう半分は予想外に終わった。

なんと、エルザはぼくについてくることにしてしまったのだった。

それどころか婚約に留《とど》まるのもいやがって、まるであらかじめ準備していたかのように手際よく挙式の手続きを進めると、気づいたときには、ぼくのとなりでブーケをともだちに向けて投げていたのだった。満面の笑みとともに。

「旦那さんが帰ってくるのを家でさびしく待っているなんて、あたし、そんなのいやだったんだもの。それに、ケアノス市って商売も学べるんでしょ？　あたし、いつかお店を街でいちばんのお花屋にしたいって思っていたから、ちょうどいいなって」

「そんな野望があったんだね、エルザには」

「そうよ、夢は大きくっていうでしょ。それにね、ずっとみてみたかったの、海！湖畔だってあんなにきれいなんだから、大海原はきっと、もっとすばらしいに決まっているわ」

「どうなんだろう。ぼくは、湖とあまりかわらないんじゃないかなと思うけど」

「あなたのほうは、ずいぶんと夢がないことを言うじゃない……。自分だって、まだみたことないくせに。きっと、キアだって感動するはずよ」

そんなことより、とエルザが手を伸ばした。

「いいから、はやく行きましょう。急いだら、次の列車にだって間に合うわ」

ぼくは、その手を握り返す。

この肌に刻まれた数字には、終止符《ピリオド》が打たれている。

それはぼくにとって、あすを意味している。いずれは終わりがくるかわりに、永遠に輝かしい日常が巡っていく、ぼくにとっての、正しい未来の意味だ。


（了）

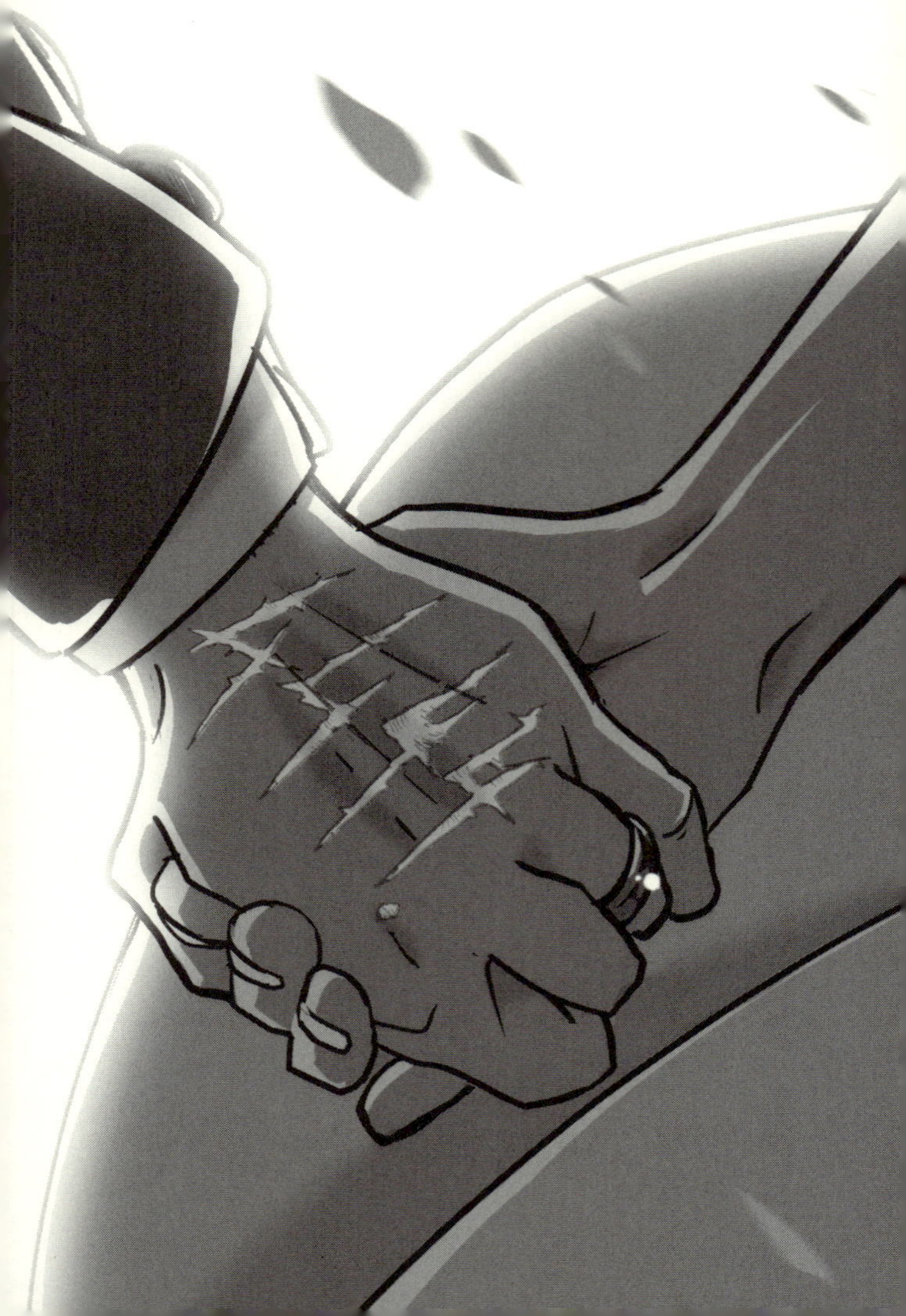

EIEN

HANAHADASHII

presented by
Iquo Loka &
Shishishishi &
Nike Shimaguchi

著者あとがき

時間が巻き戻る物語というのは古今東西にあるもので、ぼくもこどものころからよく読んだり見たりしてきたものでした。

どの話もよく楽しんだように記憶していますが、いざ自分がなにかを書こうと思ったときに、自発的にそうしたテーマのものを選ぶことはありませんでした。

理由は、はっきりとはわかりませんが、推察はできます。

ものを書くときは、そこに書き手として未知のおもしろさを求めるものですが、これまでに多くのループ物に慣れ親しんできた関係上、いまさら自分が試しても、目新しい喜びは得られないだろう、と値踏みしていたのだろうと思います。

しかし今回『永遠甚だしい』の小説化にともない、いざ時間逆行の王道の物語を真剣に考えてみたとき、実際に着手してみなければわからないおもしろさ、新鮮さがあることに気づきました。

くしくも、「いざ自分の手で試してみるまではわからない」は、本作のテーマのひとつでもあったように思います。

なにごともチャレンジあるのみですね。

以下、謝辞でございます。

校閲や装丁を担当してくださった各出版関係のみなさま。それと、本作のオファーをくださった一迅社の小林さま、素敵なキャラクターデザインをくださったしまぐちニケ先生（とくにライオネルがお気に入りです！）、ありがとうございました。

われわれの着想の源となった原曲の獅子志司さんには、ぜひ今後ともすばらしい曲をたくさん生み出していってほしいと思います。

とある楽曲やアーティストが好きであるということが、とある小説に手を伸ばす直接の要因になるというのは、非常に興味深い時代の流れだと思います。

小説というのは古い娯楽形態ですが、こうして新しい流れが加わって、少しずつ進化していくのでしょう。

また機会があれば、ぜひこうしたジャンルの越境行為を楽しみたいと思います。

それでは、また！

二〇二四年十月　呂暇郁夫

（あとがきに際し『永遠甚だしい』を流したところ、飼い猫が起きてきて、なぜか共鳴するかのようにニャガニャガ鳴いている様子を眺めながら）

永遠甚だしい

2025年2月1日 初版発行

著　者　呂暇郁夫
担当編集　小林孝太
発 行 者　野内雅宏
発 行 所　株式会社一迅社
〒160-0022
東京都新宿区新宿3-1-13
京王新宿追分ビル5F
電話:03-5312-6131(編集部)
電話:03-5312-6150(販売部)

発売元:株式会社講談社
(講談社・一迅社)

印刷・製本　大日本印刷株式会社
D T P　株式会社KPSプロダクツ
装　幀　AFTERGLOW

HOWL Novels

ICHIJINSHA
KODANSHA GROUP

ISBN 978-4-7580-2837-0

Format design:Kumi Ando(Norito Inoue Design Office)